读者
DUZHE
憬篇

读者杂志社 编

所有的幸运
都在路上

读者出版社

图书在版编目（CIP）数据

所有的幸运，都在路上 / 读者杂志社编. -- 兰州：读者出版社，2024.9. -- ISBN 978-7-5527-0827-1

Ⅰ．I267

中国国家版本馆CIP数据核字第202482FF09号

所有的幸运，都在路上

读者杂志社　编

总策划	宁 恢
策划编辑	姚红霞　赵元元　王书哲
责任编辑	漆晓勤
封面设计	张月明
版式设计	甘肃·印迹

出版发行	读者出版社
地　　址	兰州市城关区读者大道568号（730030）
邮　　箱	readerpress@163.com
电　　话	0931-2131529（编辑部）　0931-2131507（发行部）

印　　刷	天津鸿彬印刷有限公司
规　　格	开本 880毫米×1230毫米　1/32 印张 7　字数 180千
版　　次	2024年9月第1版 2024年9月第1次印刷
书　　号	ISBN 978-7-5527-0827-1
定　　价	58.00元

如发现印装质量问题，影响阅读，请与出版社联系调换。

本书所有内容经作者同意授权，并许可使用。
未经同意，不得以任何形式复制。

目录

壹 等风来，不如追风去

重绘人生 / 怪 怪	003
让我陪你重返狼群 / 令狐空	010
我的活法是一种答案 / 明 宜	017
这个中国女人 / 小 左	024
窃梦者 / 〔澳大利亚〕达伦·波克	029
别把人生过成了刻舟求剑 / 张 恒	032
被石油点燃的激情岁月 / 肖 瑶	035

贰 从容淡泊，方见更美的风景

让我们藏起眼泪，微笑 / 刘 波	047
扫兴的父亲 / 阿超儿	050
生命是独立的美丽 / 毕啸南	054
谁使她变美 / 〔美〕F. 奥斯勒	060
对意外保持弹性 / 李筱懿	063
快乐的勇气 / 马家辉	067
不犹豫的生活 / 张 春	069
活着，就好好活 / 王林梅	073
等太阳的人 / 里则林	079

叁　但行己路，无问山海

一证十年 / 考拉小巫	085
你凭什么上北大 / 贺舒婷	088
人生莫问来处 / 宽　宽	094
做个优质普通人 / 李筱懿	098
我不要你理解 / 陶瓷兔子	101
一生都在成长 / 闫　红	103
不是那块料 / 严共明	106
惊鸿一梦，逆流而上 / 鲁西西	110
女孩孙玲 / 王耳朵先生	115
赶时间 / 李开云	120
我在故宫修房子 / 蒋肖斌	124

肆　总有一盏灯为你而留

有一种谎言，让我们泪流满面 / 张月芳	131
忧伤的茄子 / 达达令	137
有人在笨笨地爱着你 / 辉姑娘	143
那些年为彼此流过的眼泪 / 肖　遥	148
这世上最难解的是人心 / 七　焱	152
冷雨热茶 / 熊德启	157
自信第一课 / 毕淑敏	161
小面馆里的奇迹 / 曾　颖	165

伍 以书为舟,渡人生

屋顶上的山羊 / 朱铁志	173
天才的忧郁 / 徐海蛟	176
母亲与文学 / 何 焰	180
我写,我在 / 范雨素	182
文学拯救了我 / 王计兵	186
时间足够你爱 / 刘慈欣	195
那一瞬间,我懂了文学的美 / 三 毛	199
为了不跌入谷底 / 陶瓷兔子	201
找棵树,靠一靠 / 陈凤兰	205
一块有点野心的矿石 / 李晓芳	208

壹

等风来，
不如追风去

重绘人生

怪怪/文

在北京东三环的一幢写字楼里,53岁的清洁工王柳云在午间休息时,靠着洁白的走廊墙壁感慨道:"我应该跟李白有一点儿像,一辈子活在云端,所以才这样痛苦。"但想了想,她觉得,算了,还是像杜甫,踏踏实实地活着吧。

在同事眼里,王柳云话很少。大多数时间她都在埋头干活,白天扫厕所、晚上捡废品,通过这种消耗体力的方式,她可以让自己少些妄想。

王柳云的妄想,是画画。

当了半辈子农民,踩了半辈子泥水,50岁那年,她决定出走。

王柳云离开了丈夫和女儿,独自来到福建的一所免费画室学画,然后又去了深圳、河南,如今在北京落脚。

晚上7点,王柳云下班。她先是坐公交车,然后骑上自己那辆晃悠悠的黑色自行车,拐入安家楼村逼仄拥挤的棚户区,推开一扇低矮的小门,进入自己的房间。

室内面积不足6平方米，所有的家具、衣服都是捡来的，可王柳云住得很舒服。

她从床底下拿出好几幅已经画好的油画，有意大利的海景、草丛中的猫咪、山水间的孤帆，津津有味地讲解起来。

王柳云指着那幅画着意大利海岸上的修道院的画，骄傲地说："这个地方从来不允许女人进入。但是，你知道吗？画完它，我就登上了这座岛。"

50岁，一个农村普通妇女决定重绘人生。

从未被人好好爱过

王柳云不喜欢自己名字里的"柳"字，她觉得柳树"才疏而质寡，性软而多病"。

她有时觉得自己和柳树一样没用，半生的不幸和蹉跎也像柳树一般"枝多负疴"。

从小到大，王柳云都渴望成为一个有用的人。事实上，她也有这种能力。

在湖南偏僻小山村长大的她，家境贫寒，父亲还身体残疾。可王柳云从小就争气，愣是考上了县里的重点高中。在20世纪80年代初的农村，她可是货真价实的学霸。

只可惜，她是个女孩。家里的长辈都不愿再出钱供她继续念书，他们认为女孩子回家干农活、成为劳动力才是正事。就这样，王柳云的受教育程度永远停在了高中肄业。

可她还是不服、不认命。20岁那年，她拿着自己好不容易攒下的5元钱，找到一个农艺师傅学习种树。那时正值改革开放进一步深化，全国正在大搞绿化建设。在家务农的王柳云一直关注着报纸和广播的消息，她敏锐地察觉到了机会。通过果苗生意，20 出头的王柳云攒下不少钱。

可她没有料到的是，自己此后遇到的每一个男人，竟然都是奔着她的钱而来的。不管是人家介绍的，还是自己认识的，相识不到一个星期就开始张口借钱。好不容易找到一个看似全心全意对自己好的男人，结婚生子后，对方立马原形毕露：偷偷把她的存折改成自己的名字；以孩子的性命相要挟，绝不同意王柳云的离婚要求。

王柳云的前夫在女儿 7 岁时遭遇车祸身亡。

对王柳云来说，这是地狱般的 7 年——钱被败光了、身上全是伤、精神状态常年处在恐惧和崩溃之中。

丈夫去世 4 年后，王柳云带着孩子来到一个沿海小村庄，结识了第二任丈夫老林——一个好脾气的农村老光棍。

两个人对彼此都谈不上爱，只能说凑合着过日子。就像王柳云说的："他就是一块移动的木头。"

50 岁那年，王柳云抛下一切，来到福建学画，成了村里所有人眼中的异类——大家认为，这个女的精神不正常。

这就是王柳云世俗意义上失败的前半生。正如她自己总结的：虽积极向上、努力勤恳，但终归落寞如秋草。

泥里作画，云中生活

王柳云始终是孤独的。

她的伴侣，从来不是那两任丈夫。

"我最喜欢杜甫,我跟他'生活'了很多年。"王柳云说。

杜甫的艰难与诗兴,王柳云都能领会。她从小就是那种观察力敏锐、热爱自然、内心柔软浪漫的女孩。她会盯着一块大石头看一下午,研究它的纹路和凹凸之处,告别时,还要给它一个大大的拥抱。

少女时期,村里有好几个煤矿工人追求过她。可惜鸡同鸭讲,完全没得聊:"你说那山梁上的荞麦花儿很清雅,他说那东西味苦,只能给猪吃。"

年轻时的王柳云一直渴望嫁给一个老师,就算无钱无势,起码能说说话。

嫁给老林后,忙完农活,她就会骑上自行车,去县里的图书馆看书。映入眼帘的是高尔基、托尔斯泰的书,书架上大多是俄国文学巨匠的名著。多年没能拾起书本的王柳云,一开始很不适应读书的生活。

她常常要来回反复地读,才能明白作品的逻辑和要表达的意思。但渐渐地,她能背诵精华段落,也明白了整本小说的布局。

图书馆的俄国文学作品看完了,她就去新华书店读诗集、学古文。

那是王柳云的中年时期,也是她最为惬意和幸福的时光。

这一切,女儿都悄悄地看在眼里。所以,当50岁的王柳云决定去学画时,只有女儿理解她的"出逃":"我妈,真的很孤独。"

绘画让王柳云开悟。

她一边学画,一边四处干杂活、打零工。在浙江时,她特意去了趟富春山,却发现眼前的景色并没有黄公望笔下的那般绮丽优美。

后来,她得知自己很喜欢的《千里江山图》的作者——天才画师王希孟,深居宫廷,英年早逝,压根儿没领略过大好山河。王柳云才意识到:他们画画,不追求写实,而是在描绘理想。

50多岁时,黄公望已从狱中出来,跑到寺庙画画,以算卦为生。

"既然他可以在污泥中重生,我为什么不行?"

58岁,杜甫在贫病交加中离世。

"而我还活着,那就得活出个自我来!"王柳云这样给自己打气。

正是抱着这样的想法,53岁的王柳云来到北京。扫厕所、捡废品、住棚户区,固然生活艰辛,但又有什么关系?

在床边"拣"开一块儿空地,拿起画笔,那一刻,她宛在云端。

经得起半生蹉跎,迎接着每一个春天

一个普普通通的打扫楼道的阿姨,却能信手拈来地细数杜甫的诗歌、李白的狂妄、黄公望的生平。走在下班的夜路上,她脖子上的红围巾和坚定的目光就像一团火。

一个53岁的农村阿姨,远离家人,独自来到北京作画。她又何尝不是伍尔夫笔下,为了拥有"一间属于自己的房间"而奋斗的独立女性?

不同的是,王柳云这代农村普通女性要突破自己面临的困境,着实不容易——光是有尊严地活着,她们就要拼尽全力。

还记得不久前在联合国妇女署的邀请下,登台演讲的"农妇诗人"韩仕梅吗?

出生时,韩仕梅的姿势不招人喜欢,仅仅因为老人说"趴着的孩

子长大不孝顺",她的母亲就把她的头按在尿壶里,准备溺毙这个孩子。那时,韩仕梅甚至还没睁开双眼看看这个世界。

当然,韩仕梅活了下来。和王柳云一样,韩仕梅天资聪颖、才华横溢,仅仅因为是个女孩,就不配享有受教育的权利。19岁那年,韩仕梅被母亲逼着嫁给了外村的一个男人,只是为了3000元的彩礼。

我们也能够想象,如果20岁出头的王柳云没有靠自己赚到钱,她的命运也大抵会和韩仕梅相似。被原生家庭、不幸婚姻、生存环境束缚半生的女性,王柳云不是第一个,也不会是最后一个。

她在画中展现的不只是自己半生的忧患和失意,更表达着对一直以来所遭受的各种女性规训的不服。

2021年,在河南一所乡村小学教美术时,王柳云得知班上一个女生被男生打哭了。她直接告诉女孩:"别怕,去还手。"

女孩和朋友们听了,都咪咪地笑着。哭归哭,还手是不敢的。可王柳云很认真地告诉这群女孩:"女性,应该毫不畏惧地做任何事。"

王柳云打算踏踏实实地再干几年,存些养老钱,干到干不动为止。最好还有余力,能去新疆、西藏看一看,这是她20多岁就想去的地方。

正如波伏娃所说:"自由的女人正在诞生。她一旦赢得了对自己的所有权,也许兰波的预言就会实现——在她们当中,将会有诗人出现。当女人受到的漫无边际的束缚被消除的时候,当她能为自己并通过自己去生活,并且当男人把她松开的时候,她也会成为诗人。"

　　画家王柳云和诗人韩仕梅的出现,真好。

　　除了谁谁的"老婆"、谁谁的"妈妈",她们还能拥有只因自我价值而存在的头衔,真好。

　　迟来的胜利,也是胜利。

　　其实,王柳云名字中的"柳"字也很好。它虽然质地柔软,却坚韧不断。经得起半生蹉跎,也迎接着每一个生机盎然的春天。

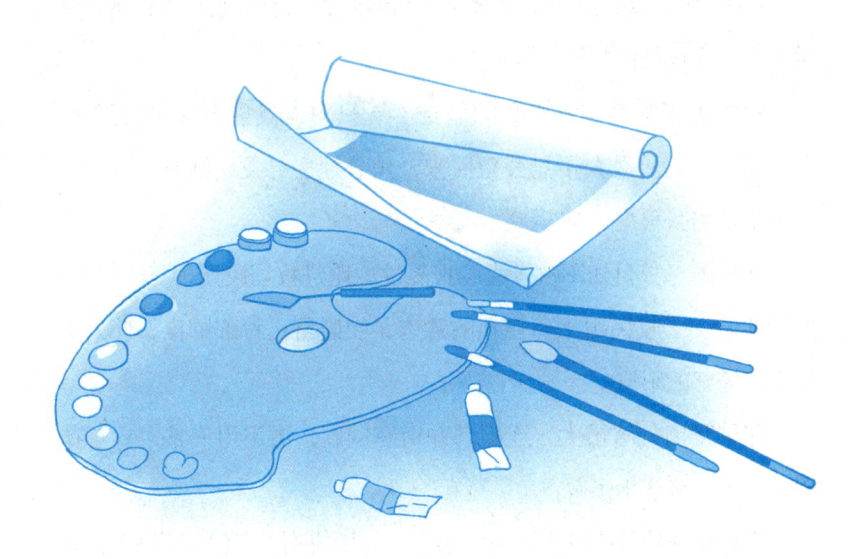

让我陪你重返狼群

令狐空 / 文

一

2010年4月,野生动物画家李微漪到若尔盖草原写生,听牧民讲述了一个惨烈的故事。

狼王为了喂养小狼,冒险偷走了一只羊,被猎人发现后围堵,最终丧命。母狼久久不见公狼回来,焦急地去寻找,结果发现狼王被剥下了整张狼皮。

愤怒的母狼自知不敌人类,报复性地跑进牧场咬死了三四只羊。然后它吃下了牧民用来药狐狸的毒肉,咬破自己背部的皮,使人类得不到完整的狼皮。

那种毒肉气味极大,连狗都知道有问题,更不用说狼了。李微漪一下子对狼产生了敬畏。

李微漪开始寻找母狼留下的小狼,等她找到的时候,6只小狼只有一只存活,它耷拉着脑袋毫无气力。她学起了母狼的叫声,小狼听到后有了反应,颤巍巍地走向她。

牧民说:"你把它带走吧。它的父母因人类而死,如果你能救它一命，也算是人类向它赎罪。"

李微漪真的把小狼带走了，并为它取名"格林"。

二

"那可是狼啊，六亲不认，长大了怎么办？"

朋友亦风提醒李微漪当心被咬，但她铁了心要养狼。

为了做一名合格的"狼妈妈"，李微漪没少吃苦头。

李微漪家里养了一条名叫"狐狸"的博美犬，但狼的性格与狗大不相同。狗经常舔食物，而狼直接吞抢撕咬、大快朵颐。看到格林天天吃肉，吃狗粮的"狐狸"妒意大发，经常追着它撕咬。

格林非常聪明，在无人示范的情况下，学会了如何开电视，并像模像样地看起来。看到纪录片中，狼把水搅浑，会有晕头转向的鱼游错方向，狼就可以轻易地捉住鱼，它居然如法炮制，捕捉了金鱼叼回家中。

格林喜欢咬东西，而它最爱咬的是电线。为了防止它触电，李微漪在电线上涂了芥末。但对于家中其他东西，她完全不理会，任"儿子"格林随意撕咬，以保护它的天性。

伴随着格林的体格越长越大，它的可爱渐渐变成可怕。

有朋友建议李微漪把格林送到动物园，但她到动物园观察后发现，那里有一只老狼，目光涣散、神情萎靡，沿着铁栅栏一遍又一遍地走。

这绝对不是格林应该过的生活。李微漪下定决心，在格林3个月大时，带它回到了若尔盖草原。有一家獒厂的主人钦佩她的做法，让她带着格林留了下来。

但不久之后,因为淋了一场大雨,李微漪得了肺水肿,只能返回成都治病。她委托獒厂主人照看格林。她走的那一天,格林追了她一路。

15天后,回到獒厂的李微漪惊讶地发现,和藏獒们混在一起的格林,发出了狗叫声。而且它变得不爱跑动,经常像狗一样趴在地上,等待喂食。

自然界中的狼一般20天出窝。虽然李微漪竭力保护着格林的天性,但由人类养大、与狗为伴的它还有野性吗?

三

格林虽然会捕鱼,但在野外生存,必须学会捕捉它食物链上的鼠兔。李微漪就像母狼般教导格林如何捕猎。

在一次次战斗中,格林奔跑的速度越来越快,撕咬的力道越来越狠。一次,它不仅从野狗的包围中成功突围,还咬掉了一只野狗的头皮。

但格林面对"母亲"李微漪,眼里只有温柔。

在李微漪刚刚得肺水肿时,格林从窗外跳到屋里,轻轻地趴在她的身上哀嚎。然后,它到屋外挖出了之前埋的野鸡,通过窗户扔了进来。

当李微漪治病归来,看到格林的狼性退化后,她坚定了内心的想法:把格林送回狼群。她当然万分不舍,但更想让"儿子"成为一只真正的狼。

李微漪选择在冬天寻找狼群,因为此时食物短缺、生计艰难,只有在这个阶段,狼群才有可能接纳新成员。

有一次，格林走在冰河上感到很滑，于是咬着李微漪的裤管提醒。但她没有理解它的意思，继续往前走，结果滑倒把脚崴了。

格林见状，居然跑到山的另一头，和马挨个"商量"。本来想以普通身份沟通，没想到换来的却是疏远，但它不敢"摊牌"，继续低声下气。有些马不耐烦，直接用后蹄踹它。最后，它终于"说服"了一匹白色的小马，前后花了40分钟，领着小马赶到李微漪身边。

在冬天的若尔盖草原上，捕猎变得异常艰难，而寻找狼群的工作毫无进展。李微漪眼看着和亦风带的食物见底，她挖出格林埋好的野兔，换上了两块压缩饼干，含泪说抱歉。

格林挖出压缩饼干后，默默地吃了下去，还抬头望了望李微漪。亦风说格林肯定会改变埋兔地点，但它归来时，仍旧把新捕捉来的野兔埋在了原处，又抬头望了望她。

对野兽而言，食物神圣不可侵犯。但格林心甘情愿与李微漪分享自己的食物。它除了不会说话，什么都会为她做。

四

在寻找狼群的艰难过程中，他们经历了严寒、受伤、食物短缺等危机，但最大的危险来自人。

有一个牧民声称格林吃了他4只羊，不接受赔偿，只要求带走格林，但他明明是个放牛的牧民。

李微漪和他据理力争，指出他的话毫无凭据，而且狼是保护动物，不属于任何人。

恼羞成怒的牧民，转眼间又诈称格林吃了他十几只羊。眼看李微漪拒不交出格林，他竟直接拿出打狗棒对准了格林。

格林向来与人类亲近。当拴着金属锤的打狗棒挥来时，它还以为是牧民在与它做游戏，不仅没有躲闪，反而迎了过去。

李微漪连忙让格林快跑，它才躲过一劫。等它回来时，眼睛里渗出了血。

后来，李微漪告诫格林，见到人必须跑。她甚至带它进入陷阱，将相机扔入狼夹做示范，反复告诫它："记住这东西，它会要了你的命！"

而格林也终于学会了这门新课程。见到骑马的牧民时，它会高度警惕。听到李微漪喊快跑时，它就加速逃跑。

转眼到了深冬，但狼群仍无影踪。冷风如刀刺骨，饥饿似鹰啄肠，濒临崩溃的亦风和李微漪吵了一架后，从驻地离去。

走了一公里路后，亦风累得瘫倒在地，渐渐地被大雪盖满了身体。突然，他感到脸上一阵温热——是格林在不断地舔他。他哭着搂住格林，说："不管多难，我一定陪你到底。"

2011年2月，他们终于借助望远镜看到了狼群——有七八只狼在穿越山谷。他们激动地让格林嚎叫，格林发出的却是狗叫声。

情急之下，他们学起了狼嚎，格林也跟着嚎了起来。狼群望向了他们，格林恋恋不舍，但终于还是跟了上去。

五

离开草原后，他们经过若尔盖县城，发现有店铺在卖狼牙。店主声称，装在瓶子里的狼牙，是他亲自从狼嘴里拔下来的，假一赔十。

而另一件袍子，竟然是用620张狼头皮做成的。摸着袍子，李微漪似乎能看到620双狼眼睛，但它们再也不能睁开。

李微漪感到后怕，他们立即返回草原寻找格林，却看到一只倒在地上的狼被拔去了牙齿。而远处，有两个人正骑着摩托车前来。

虽然是在国家自然保护区，但他们公然打猎。

当李微漪再次找到格林时，狼群正在围猎，远处响起枪声。她立即大喊"格林快跑"，格林听到声音后愣了一下，迟疑了一段时间才跑开。

危险解除后，格林飞奔着跑向了李微漪，亦风劝她带回格林。但她最终选择了放手，目送它离开，重返自由。

2013年，李微漪和亦风重返草原，想要查看格林的生存状况。但直到2014年年底，他们才和格林相遇——是格林主动找到了他们。

在曾经的草垛子上，她发现了几只野兔。那是格林送来的，它仍然记得，"母亲"喜欢吃兔肉。

听牧民说，格林成了狼王，此前之所以避而不见他们，是因为它要照顾小狼。但4只小狼中，只有一只活了下来，另外3只的死亡都和人类有关。

李微漪很激动，格林也很激动。但它突然停下了前进的脚步，连尾巴也耷拉了下去。当她走近时，它选择了退后。

一人一狼，相思相望，但再也不能相亲。

她曾是它的"母亲"，它曾是她的星辰。但它终于如她所期望的，学会了畏惧人类，选择了保持距离。

六

"此前，世界上还没有一只由人类养大的狼，在放归荒野后能存活下来的先例，李微漪打破了这项纪录。"

在陪伴格林的过程中,亦风用手机和简单的设备拍摄了一些画面,留作纪念。《狼图腾》的作者姜戎看到后惊叹不已,鼓励他们不用在乎技巧,把画面做成电影。

为了实现目标,李微漪和亦风卖掉了车和房子,前后花了6年时间,将1700小时的素材,剪辑成了98分钟的影片。

虽然画面粗糙,但这部有灵魂的影片在2017年上映后获得无数好评。许多人泪洒影院,该片的豆瓣评分高达8.3分。

他们希望通过这部影片,让更多人了解真实的狼,也希望能够建立国内首个野生狼群保护区。

在这颗蓝色星球上,有演奏生命乐章的热带雨林,有聆听天籁的皑皑雪山,有恋上袅袅春风的十里桃林,有移下一天星斗的繁华都城。

目前,科学家已经鉴别出46900多种脊椎动物,人类只是其中之一。我们并非地球的主宰,而是和其他生灵共存。

渡渡鸟、南极狼、巴厘虎等动物的灭绝,一次次提醒着人类。

在李微漪的推动下,2020年7月29日,中国首个狼生态保护监测站在若尔盖草原成立,当地的狼群得到了很好的保护。

当李微漪再次回到草原,看到了生活得很好的格林,"母子俩"终于幸福"相拥"。

我的活法是一种答案

明宜/文

现代社会里,既然消费主义显得天经地义,是否还有必要去想象别的可能?如果疲于消费主义的快乐,又该如何实践一种抛开消费的生活?

一

丁红,人称红姐,今年42岁。在很多人眼中,红姐是个怪人。

时间回到2000年年初,红姐刚从大学毕业。工作后,钱包一下子变鼓了,加上浸泡在动漫行业追逐潮流的氛围里,红姐自然而然地成了热衷打扮的二次元少女。她在上海工作,生活三点一线,公司、出租屋、商场,最大的乐趣就是买一堆光鲜亮丽的衣服和鞋子。从任何角度来说,红姐都不算一个幸运的女孩。她生于贵州黔南偏远小城,家境贫寒,父母近乎文盲。这样的家庭背景使她后来的艺术生涯受到重重阻碍,也更加剧了她工作后的自我补偿心理,"一年换18个造型,毫不夸张"。

红姐至今都认为,自己人生中最幸运的一件事,就是读小学时,父亲从厂里带回来一盒粉笔。

这点燃了她对画画的热情。在校内,她在课本和作业本上涂鸦。在校外,她拿着那盒粉笔,画满了村子里步行能到达的所有墙壁和地板。

当然,这些在父母眼里都是不务正业。很长一段时间内,提起那盒粉笔,父亲都悔不当初,家里也常年"战火"连天。直到多年后,红姐从美院毕业,凭实力进入上市公司,成为一名游戏美术师,证明了自己真的能靠画画吃饭,"战火"才逐渐平息。

虽然工作越来越顺手,她却意识到,便利的商业市场无法给她表达上的自由。从前,她对画画充满热情,但如今,她已经失去了创作欲望。

日复一日,备受煎熬,重度抑郁症找上了她。于是,红姐决定辞职、搬家。那时她已陷入严重的悲观情绪。曾经最喜欢的衣服、鞋子、包包,此刻也都失去了颜色。搬家让她第一次清楚地看到,自己囤积了多少毫无意义的东西。当来来往往的搬家师傅扛着这些"破铜烂铁",塞满一辆大货车,而她需要为此支付两三千元的搬家费时,红姐终于决定,把能扔的全部扔掉。不便宜的,都送给了需要的朋友。最后,她只留下一个背包,15公斤,装着她的全部家当。

二

2008年,红姐辞职离开上海。失去精神支柱的她,已在消极情绪里挣扎了一年。最后,她在内心达成和解。终点已经明确,红姐决定开启一场死亡之旅。

她直奔遗愿清单的第一站——心中的艺术圣地意大利,逛遍了当地的美术馆。那时,红姐已经很久没有画画了。但置身布满艺术品的场馆内,被无数文艺巨匠的绘画密集地包围,她还是忍不住流下眼泪。在乌菲齐美术馆里《维纳斯的诞生》画作面前,红姐觉得自己"心尖都在颤动"。她又去了法国,拜访王尔德在巴黎的墓地。墓碑前,她留下了一封情书、一朵百合花和一个口红印。红姐发现,自己的灵感在被一点一点地唤回。当内心不断有新的填充物进来,伤痛的占比就开始缩小。最终,即使没有完全治愈抑郁症,也不会要命了。

回国后,红姐帮一个北京的朋友顶上职缺,重新回到职场。这一次,她决定不再租房。当然,通勤麻烦、经常加班是客观原因。最重要的是,她说不准哪天就会突然辞职,去下一个目的地。况且,她的行李只有一个背包,几乎不需要单独的存放空间。

工作日,红姐一般卷着防潮垫、毯子、枕头,睡在会议室的桌子上。公司里食堂、浴室配置齐全,她只需周末把脏衣服拿去朋友家清洗,来不及晒干的衣裤就晾在椅背或者电脑主机箱上。后来她跳槽到位于盘古大观的另一家公司,新公司没有浴室,但正好紧邻奥体中心。红姐就花200元在网上买了一张二手游泳年卡,去对面的英东游泳馆淋浴间洗澡,顺便还能游泳。

北漂不租房,省下的不只是一大笔房租,还有通勤消耗的时间、精力。当其他人熬到节假日,累得只想瘫在床上,她却去尼泊尔爬珠穆朗玛峰南坡,穿一双拖鞋游遍东南亚五国,然后用4个月徒步、搭车横穿美国,又北上加拿大。

旅途中,她带着同伴睡在机场、火车站、广场、陌生人家的沙发上、公园的条凳上。

红姐一直以为,在别人眼里,自己是个不好打交道、态度冷硬的人,但有一件事触动了她。离开公司3年后的某天,红姐突然收到一个前同事发来的微信。在职时,二人来往并不多,辞职后基本不再联系。发微信的不是她前同事,而是前同事的老公。略一询问,才得知同事前几天突发疾病,没能抢救回来。对方说:"我不知道她在单位有些什么朋友,但她在家时常常提起你。我想来想去,觉得有必要跟你说一声。"红姐沉默了几分钟,"像被雷劈傻了",然后号啕大哭。她这才发现,一路走来,身边一直有人关心她、信任她。

三

"死"过一次后,她彻底失去了消费欲,不再买任何会增加行李重量的东西。

她逐渐发现,仅靠周围人的过剩物资,自己大部分的生活需求已经可以满足。于是,红姐开始穿朋友们的闲置衣物,收集周围的二手物品,打包聚餐时没吃完的剩菜和公司清理冰箱时没人领取的食物。

有时,她会遇到朋友的误解,在收到的旧衣包裹中发现一件新买的衣服,或者在打包回来的饭盒里发现新点的菜。红姐就半开玩笑地说:"捡人垃圾不用还,收人礼可是要还的!"一来二去,朋友们渐渐理解了,红姐只是"想让那些已经变成垃圾和废物的东西延续生命",不用觉得不好意思。

这样的生活持续了8年。也就是在北漂的这段时间,红姐偶然看到一个关于Freegan(不消费主义者)的纪录片,讲一群人为了保护地球环境,主动选择和消费主义对抗。她顿觉相见恨晚,原来,自己早就不自觉地过上了不消费主义者倡导的生活。

四

2016年，红姐35岁，她想账户里的存款既然花不出去，不如拿来做自己一直想做的事情——出国留学。

于是，红姐飞去了新西兰。她很快就发现这是个极其正确的选择。

首先是年龄的瓶颈消失了。学校里比她更年长的同学比比皆是，比她大的单身姐姐、两个孩子的爸爸、70多岁的奶奶……红姐的存在合理到没人会问她半句"为什么"，她发现，"35岁，人生刚刚开始"。

其次，这里就像一个躲在地球边角、与世无争的世外桃源——生态多样、气温适宜，植被覆盖率高，四季常青。

这里没有发达的网购和快递。当地人生活简单，节奏缓慢。在红姐留学的小城镇，人们获取信息的主要渠道之一，竟然是从附近加油站买回的报纸。

红姐继续保持着她几乎不消费的习惯。但因为新西兰和国内的环境有很大差异，她需要进行因地制宜的改进。比如在国内时，由于合餐制的饮食习惯，她经常能从餐馆里打包剩菜，但新西兰的餐馆多为分餐制，少有过剩的食物。

于是，红姐转向从大自然中获取食物，开始研究起野菜、蘑菇、海货和种植。到新西兰后，她只在前两周买过一颗卷心菜和一些韭葱，之后就没在蔬菜上花过钱了。

她日常吃的大部分蔬果是从野外采摘来的。在新西兰，要找到这类采摘地点并不困难。

一年四季，野外的收获各不相同。红姐常去采摘野菜的林子距离她的宿舍有一公里，里面什么都有。春天是属于蕨菜、荠菜、春美人和香椿的时节；夏天，萝卜苗、油菜、薄荷和西洋菜最盛；深秋是绝佳的蘑菇采摘季，多到"出去一趟都想给钱了"；冬天还可以找到许多的野韭菜和银杏果。

再往前走走就到了海边。平均每个月有两次最低潮，崖边会露出密密麻麻的贝类、海藻。空闲的时候，红姐就一边散步，一边看看周围有什么能吃的东西熟了。每次出门，她都不会空手而归。

除了蔬果，红姐也几乎没有买过日常用品。在新西兰，人们对赠送或交换闲置物品习以为常，且有丰富的线上、线下渠道。红姐的衣服、床上用品、电饭煲、高压锅、微波炉、碗和盆，甚至做饭的调料，都是从一些商店门口的免费货架上、脸书的本地市场里捡来的。渐渐地，她自己也变成一个二手物品中转站。朋友闲置的、淘汰的东西，会先问她需不需要。多余的用品，她又转而送给一些来新西兰打工、度假或短暂居留的朋友。

谈到消费，红姐最大的感触是，有些时候，消费关闭了人们生活中一扇又一扇的门。

"当今社会，人们花钱买东西太容易了，新鲜感消退后，很快又陷入空虚。因为除了自己赚钱的这一小块领域，我们对很多和我们自身相关的事物一无所知。有时我会想，虽然消费看起来是最便捷的方式，但它切断了人们和这个世界的很多真实联系。"

对于如今的生活，红姐的感受，像电影《阿凡达》里潘多拉星球纳威人和生命树之间的奇妙联结。没有经过理性的思考和逻辑推理，红姐仅仅是发现，从某一刻起，自己在做任何事之前，都会先考虑它是否对自然不利。"如果你明年今日还想在同一个地方找到同样的东西，就必须尊重大自然的生态链。"她说，从没想过影响谁或改变谁，只是真的从中得到了很多意想不到的快乐，于是想分享给更多人。她常常引用德国 Freegan 先锋人物海德玛丽的话："对有些人来说，我的活法是一种挑衅。但对另一些人而言，我的活法是一种答案。"

这个中国女人

小 左/文

何泽慧出生于堪称簪缨世家的名门望族,清朝不到300年,这个家族出过15名进士、29名举人,山西人讲话,"无何不开科"。

如今苏州的网师园,曾是何家私宅,正是何泽慧及其家人无私地把它捐赠给国家。

何泽慧的8个兄弟姐妹中,共出了4位著名的物理学家、一位植物学家、一位医学家。

何泽慧自小聪慧,当年清华物理系招生,她是唯一的"女状元"。

她后来回忆:"考浙江大学的人有800多,我报考的是物理学系,他们取的只有我一个女生,你说我的运气好不好?考清华大学的人特多,一共有近3000人,考进清华的希望小得不得了!"

后来,她选择了去清华。也是在这里,她和钱三强相识相恋,被称为"清华的金童玉女"。

恋爱并没有耽误何泽慧的学业。

当时中国的大学宽进严出,清华的课业尤为繁重。

最终物理专业只有 10 个人顺利毕业，何泽慧是第一名，而第二名，正是她的丈夫钱三强。

从清华毕业后，钱三强前往法国留学，跟随居里夫人的女儿学习。何泽慧当然不会甘于只成为"背后的女人"，她有足够的能力与爱人并肩而立。

何泽慧很有报国热情。战争爆发，她和几个男生一起到南京军工署求职，希望以自己的专业报效国家。几个男生被留下了，成绩更好的何泽慧却因为是女性而被拒之门外。

她没有坐等机会到来，她决定出国深造。

出国前她得知，德国柏林高等工业大学技术物理系的系主任曾经在南京军工署当过顾问。于是，她到德国后直接找到了这位系主任，希望进入技术物理系学习。没想到她马上被拒绝了。

技术物理系主任说："这不大可能，因为我们技术物理系是个保密的系，是不可能招收外国人的，更不可能招收女性来学弹道专业。"

但何泽慧不服输，她据理力争："你可以到我们中国来当我们军工署的顾问，帮我们打敌人，而我为了打敌人，到这里来学习这个专业，你为什么不收我呢？"

最终她说服了系主任，成为第一个就读于该校的外国学生，也是该专业的第一个女生。

刚毅勇敢，不卑不亢，她是一个强大的女性，一个真正的"贵族"。

1943 年开始，何泽慧与钱三强通过书信交流。因为战争的关系，书信不能封口，且仅限25个法文单词。就这样，在通信两年后，钱三强鼓起勇气，写了一封影响了近代中国物理学界的信——钱三强给何泽慧的求婚信。

钱三强在信中说道："经过长期通信，我向你提出结婚的请求，如能同意，请回信，我将等你一同回国。"

她的回复很简单："感谢你的爱情，我将对你永远忠诚。等我们见面后一同回国。"

半年后，何泽慧提了一个箱子只身前往法国，和钱三强完婚。

不久，他们一起合作发现了铀核裂变的新方式——三分裂和四分裂现象，在国际科学界引起很大反响。她被西方媒体称为"中国的居里夫人"，被外国科研团队集体争抢。

1948年，当时已在国外享有盛誉的钱三强和何泽慧毅然回国，支援祖国的核物理研究工作。

夫妇二人为祖国的核弹事业做出了突出贡献。当年氢弹爆炸成功的第二天，法国法新社科学编辑赛尔日·贝尔发表文章写道："人们认为钱三强是中国的核弹之父。"

那时，两位科学家正是风华正茂之年。

钱三强主导了我国核弹事业的发展，而何泽慧也屡次为国家做出突出贡献，让中国在多个领域不落于强国之后。她的科研项目还获得国家自然科学奖。

但因遭人妒忌，何泽慧无奈被调整岗位，曾被安排在实验室扫厕所，打扫卫生。后来又和丈夫到陕西农村进行劳动，5年的科研黄金时期就这样度过了。

无论是被命令扫厕所，还是身在偏远农村，都没有让何泽慧败下阵来。这位坚强的女性，等到了重回科研领域的那一天。

5年后，她再次主持科研工作，马上意识到当时中国科研领域的空缺，她推动了中国宇宙线超高能物理及高能天体物理研究的起步和发展。

后来，国家决定为科学家正名。钱三强表示："中国原子弹研制成功绝不是哪几个人的功劳，更不是我钱三强一个人的功劳，而是集体智慧的结晶。外国人往往看重个人的价值，喜欢用'之父''之冠'这类称谓。"

而对于何泽慧，中国又有多少人知道她的姓名？

钱三强离世后，何泽慧拒绝搬到条件更好的院士楼，一直守着他们1955年搬进的一套老房子。屋里的陈设，也丝毫没有变动。

何泽慧90多岁还一直坚持到单位办公，不要配车，就自己坐公交。

中国科学院院士李惕碚在2009年庆贺何泽慧95岁华诞的一篇文章中写道："在何先生那里，科学研究就是探索自然的本来面目，如此而已。权位和来头，排场和声势，以及华丽的包装，对何先生都没有作用。她会时不时像那个看不见皇帝新衣的小孩子，冷冷地冒出一句不合时宜而又鞭辟入里的实在话。"

直到离世，她一直住在中关村20世纪50年代建造的小区中。那里已经破败不堪，昏暗的楼道里贴满了疏通下水道的小广告，小院里到处可见各种各样的杂物。

时间飞逝，人们纷纷与这个老小区告别，何泽慧却还住在这里。

屋子保留着钱三强在世时的模样，钱三强离世后的20年间，何泽慧与满屋书香为伴,直至 2011 年离世。

何泽慧出身于名门望族,但她身上却毫无骄奢的影子,她一直朴实无华。她是真正的科学家,为国家做出突出贡献,却少有人识。

她备受尊重,却蜗居在小小的老宅中与世长辞。但在精神上,她始终保持高贵。

她没有豪宅,没有奢侈物件,她主动放弃了更好的生活,只为报效祖国。她拥有最珍贵的骄傲与自尊。这才是真正的中国"贵族"。

窃梦者

〔澳大利亚〕达伦·波克 / 文　陈荣生 / 译

最近，我听说了一个故事：

有一个男生，他父亲是一位驯马师，因业务需要东奔西跑，从一个马棚到另一个马棚，从一个跑马场到另一个跑马场，从一个农场到另一个农场，从一个大牧场到另一个大牧场，帮人训练马匹。这样一来，这位男生的高中生涯就不断地受到干扰。

读高三的时候，他要写一篇关于长大后想做什么的作文。那天晚上，他用整整7页纸，描述了他想将来有一天拥有一个养马场的目标。他很详细地描述了他的梦想，甚至还画了一张200英亩（约809371平方米）的养马场图纸，上面标出了所有的房屋、马厩和赛道的位置。他还画了一栋占地4000平方英尺（约372平方米）的房子的详细平面图，这座房子就坐落在那200英亩的梦想牧场中央。

他在这篇作文上倾注了很多心血，第二天，把它交给了老师。两天后，他收到了发下来的作文。在作文的第一页上有一个又红又大的"F"（不及格），旁边还写着一行字：下课后来见我。

这个脑海中充满幻想的男生下课后去见老师,他问:"为什么给我F?"

老师说:"对你这样一个年轻人来说,这根本是白日做梦。你来自一个到处流动的家庭,你没有资源,没有钱,拥有一个养马场需要很多钱。你得买地,你得支付第一批种畜的钱,然后你得支付大量的饲养费。你是不可能做到这些的。"然后老师又说,"如果你用一个更现实的目标重写这篇作文,我会重新考虑你的分数。"

这个男生回到家后,反复思量了很久。他问父亲他应该怎么办。父亲说:"听着,儿子,这件事你必须自己拿主意。不过,我认为这对你来说是一个非常重要的决定。"

一个星期后,他再次将它交上去,没有做任何修改。他对老师说:"你可以保留那个F,但我要坚持我的梦想。"

那个男生名叫蒙提,现在已经长大了。他说:"我之所以告诉你这个故事,是因为你正坐在我4000平方英尺的房子里,而它就在我200英亩的养马场中央。我还留着那篇作文,把它用镜框装裱起来,放在壁炉的上方。"

他顿了一下,接着说:"这个故事最精彩的部分是,两年前的夏天,那位老师带着30个学生来我的养马场露营了一个星期。那位老师在离开时说,'蒙提,我现在可以告诉你。在我当你的老师时,我是一个窃梦者。在那些年里,我窃走了很多孩子的梦想。幸运的是,你有足够的进取心,促使你没有放弃自己的梦想。'"

如果你是一位家长、老师或其他任何有能力影响孩子的人,那就不要成为"窃梦者"。你要鼓励孩子去追寻自己的梦想。

对我们所有人来说,最重要的是,把你的梦想写下来,然后开始让梦想成真的旅程。

别把人生过成了刻舟求剑

张 恒/文

背着老婆,我偶尔会想一想英国作家大卫·诺布斯创作的雷吉·佩林的故事——他原本在一家餐厅做着重复、卑贱又无聊的工作,有一天,他把行李丢在一个沙滩上,伪造了自己的死亡。从此,这个世界上不再有雷吉·佩林这个男人。经历了一系列事情后,他伪装成一个叫马丁的男人,回到了原来的生活。他娶了自己的"遗孀",住进原来的家里,还回到原来的餐厅,取代"死亡"的自己,继续干起了重复、卑贱又无聊的工作。

看起来,一切都没有变,只是经过了一场荒诞的循环。可如果来一场刨根问底、哲学式的思辨,则会发现,还是有一些变化:他用一场死亡反抗了生活带给他的庸常,然后又自己选择了庸常的生活。二者之间,有一个明显的不同——自主选择。

大卫·诺布斯用一个极端的设定,讲述了一个男人追求自由的故事。没有人能够规划他的人生,除了他自己;也没有人能够把他限定在某一个轨道上,除非他自己愿意。英国哲学家、美学家沙夫茨伯里说,人不应该是一只被紧紧拴住的老虎,也不应该是一只不断遭到鞭子训诫的猴子；康德也说，人之所以为人，只是因为他能够做出选择。雷吉·佩林，或者应该叫他马丁，就是用这种荒诞，宣告了他才是自己的主人。

我不断想象这个颇有点浪漫主义味道的故事，并非妄想反抗我在自己家中的地位，也不是因为工作的卑贱和无聊，而是经常感受到来自外界的束缚。那天看羽生结弦的退役新闻发布会，他说，"羽生结弦"是自己的包袱。

我们又何尝不是。我们的姓名，我们身上的标签，我们的身份，给了我们太多束缚。"你应该"就是一道紧箍咒。作为羽生结弦，就应该保持第一，否则，别说他的粉丝，他自己可能都不会答应。可那天看完他的发布会后，我掐指一算，忽然意识到，他才27岁。太可怕了，这意味着，接下来他的人生有着无数种可能性。当然，这个事情可以分两面看，也可以说，他的未来有着巨大的不确定性。

人们经常会觉得，可能性如此迷人；却又觉得，不确定性如此讨厌。人生，就是如此矛盾。我们都活在一体两面的痛苦中。

我不愿去评判他人的人生，内视自己，面对不确定的生活、意外的情况时，我也会焦虑痛苦。每遇大事有静气，那是一种理想的状态。不过，理想才是值得我们追求的东西。因此，在充满不确定性的当下，我又开始读苏轼，读他的词。

这期间，又是掐指一算，写此文时是苏轼在黄州沙湖遭遇暴风雨，被浇成落汤鸡940周年。为此，他写了那首传颂千古的词，《定风波·莫听穿林打叶声》，序言写道："沙湖道中遇雨。雨具先去，同行皆狼狈，余独不觉。"人生诸多不确定，就是那一场场突如其来的风雨。越是在这不确定的时代，越是要不断重复，不断提醒自己，别把自己的人生过成刻舟求剑的故事——试图让人生固定在一个地方，既不现实，也不可能。

苏轼一生，颠沛流离，跌宕起伏，可他从未丢失内心的自由。用无所谓的态度去对抗风雨，正如羽生结弦用退役来对抗年龄、姓名带给自己的束缚，雷吉·佩林用人生重启来对抗庸常。到最后，回首向来萧瑟处，也无风雨也无晴。

被石油点燃的激情岁月

肖 瑶 / 文

曾有一个时代,一面沉浸在思想革命的沐浴与洗礼中,一面在科学技术的激流里开拓勇进。

曾有那么一拨人,在孤独的黑夜中坚定求索,在民族苦难的阴霾下负重前行。

科技兴国是一条不流血的革命之路,没有硝烟弥漫,也不大适合被搬上银幕。在拨云见日那天到来之前,这条路上充斥着黑暗与孤独,质疑和阻挠。筚路蓝缕,李四光一步步地走,每一步都精确到"0.85米",将它留在肌肉记忆里。他对学生说,搞地质研究要到野外考察,脚步就是测量土地、计算岩石的尺子,因此,"每一步的长度都要相等"。

蔚为国用

1894年8月,硝烟弥漫黄海海域。有着"亚洲第一"之称的北洋水师几乎全军覆没,溃败在耻辱之海。《马关条约》进一步昭告了国运的殇失,整个东亚格局与秩序被重塑。

经此一役,中国各个领域具有革故鼎新思想的人,开始痛定思痛:海战决定国力胜负,海权就是主导权。然而,彼时朝廷腐败,清军"专守防御""避战保船",海权意识薄弱,海军的力量从根本上是站不起来的,是"纸糊的破屋",一次次泡在注满血与汗的海水里。

但"造船"的理想,已经在一个年仅5岁的湖北少年心里悄然生根。

1904年5月,入武昌高等小学学堂还未满两年,14岁的李四光便凭借第一名的成绩被保送到日本公费留学,学习造船机械。

身在中国的仁人志士投身反帝爱国运动,远在东洋的革命志士,在思考如何利用西方先进技术强兵富国。

在这样的氛围下,李四光相继结识了宋教仁、马君武等一批倡导民主革命的思想家,父亲言传身教的救国使命感,也无数次回荡在他心头。

1905年,李四光参与了中国同盟会筹备会,认识了孙中山先生,孙先生亲口勉励他:"努力向学,蔚为国用。"这8个字,后来也成为李四光求学与创新征程上的核心信念。

在某种程度上,对科学的热情与对革命的激情是相斥的,一个需要太平宁静的环境,一个需要热血与冲动。但在年仅16岁的李四光身上,它们不仅共存,且相辅相成,甚至互为因果。

不过,在当时那个少年心中,救国道路还未能与科学紧密联系,他的理想更接近"军事救国"。1911年冬天,李四光回国后不到一年,辛亥革命爆发了,李四光毅然参加了革命,随后,湖北军政府将年仅22岁的他推举为实业部部长。

然而，袁世凯很快上台篡夺了革命果实。李四光眼见实业兴国的蓝图一时间化为泡影，便以"鄂中财政奇绌，办事棘手"为由辞了职。

1913年，孙中山在二次革命失败后去了日本，李四光愈发感到"力量不够，造反不成，一肚子秽气，计算年龄还不太大，不如读书十年"。他看见"科学报国"的时机尚不成熟，真正的革命，或不在一兵一卒。正所谓"邦有道，则仕；邦无道，则可卷而怀之"。

同年夏天，李四光第二次离开祖国，前往英国伯明翰大学求学。随着第一次世界大战的爆发，不少留学生在战火与硝烟的夹缝中生存，李四光在学业方面的志向，也开始悄然发生转变。

当年从日本回来时，李四光看到，中国连一座像样的铁矿都没有，而没有铁，就炼不出钢，就造不出坚船利炮。因此，他决心学习采矿专业。

一年后，他又发现，中国的采矿业缺乏地质学的指导，就像打仗没有兵法，即便地下有矿，也不知往哪里挖。

"光会采矿是不行的。中国虽然地大物博，但是科学落后。如果我们自己不能找矿，将来也不过是给洋人当矿工。"

1919年，李四光获得了地质学硕士学位，导师包尔顿教授劝他在英国继续深造，获得博士学位后再回国。但时逢五四运动爆发，祖国的革命热潮深深吸引着李四光。

同年秋末，他放弃了高薪邀请，途经欧洲，辗转回国，接受了蔡元培的聘请，到北京大学当教授。

我对大地构造有些不同看法

早些年在北京大学的日子里，为了弄清楚中国煤矿资源的分布情况，除教学外，李四光数年如一日地持续研究一种蜓科化石。地质学的重大突破，也是从这里开始的。

"蜓科"是李四光自己命名的，这种最初出现于中石炭纪的微体古生物，历来是划分地质年代的一种重要化石。

20世纪20年代至30年代，李四光几乎走遍我国山川河海，通过对大同盆地、太行山麓及庐山等地的长期考察，最终确认中国存在第四纪冰川。

1926年，李四光在中国地质学会上第一次对石油地质史的铁律质疑：找油的关键不在于是海相地层还是陆相地层，而在于有没有生油和储油的条件。

"我国有大面积的沉降带，这就有良好的土壤条件，一定能找到石油。"

但以美国地质学家维理士为代表的一些学者，对中国人研究地

质理论问题，摆出一副极其轻视和鄙薄的样子，认为李四光"态度十分傲慢"。自奥地利地质学家苏士之后，西方地质学界对于东亚构造的认识，要么是这块大陆发育不良，要么是语焉不详。

李四光却愈加坚定，"从一开始，在地壳运动和地质力学的研究方面，我就不愿意跟着外国人走"。

北伐战争开始后，北京大学的教学一度中断。1928年1月，南京政府成立地质研究所，李四光担任所长，同时兼任北京大学地质系教授。

然而，由于战乱，地质研究所不仅物资不到位，还不得不多次搬迁。李四光等人常常扛着"地质研究所"的牌子在大马路上跑来跑去，直到1932年位于南京鸡鸣寺路的办公楼建成，地质研究所才最终安定下来。

1929年5月4日，一个笔名为"醉梦人"的读者向上海《生活》周刊投稿，提出"吾国何时可稻产自丰、谷产自足，不忧饥馑？吾国何时可自产水笔、灯罩、自行车、人工车等物什，供国人生存之需？吾国何时可产巨量之钢铁、枪炮、舰船，供给吾国之边防军？吾国何时可行义务之初级教育、兴十万之中级学堂、育百万之高级学子？"等十问。文末，作者自问自答："私以为，能实现十之五六者，则国家幸甚，国人幸甚！"

1944年8月，桂林沦陷，李四光逃往重庆避难。蒋介石正在重庆，一直很欣赏李四光，遂邀请他加入国民党，并担任中央大学的校长。但李四光一口回绝：自己是搞科学研究的，不会当校长。

拒绝了蒋介石，李四光却主动到最得意的学生朱森执教的重庆大学讲课，并开设了中国第一个石油专业。

辗转归国，行路难

1949年9月，中华人民共和国成立前夕，英国伦敦，一个深夜，李四光将一些文章手稿、几本地质书、护照、几件换洗衣服及5英镑的旅行支票郑重地塞进一个小公文箱，然后嘱咐夫人许淑彬把原来买的船票退掉，先搬到剑桥和女儿一起住，等待他的消息。

普利茅斯港是一个货运港，从那里乘船去法国，不容易引起注意。彼时，战火刚息，开往远东的船非常稀少，一旦错过，至少等半年才能有机会回国。

早在1948年2月初，李四光代表中国地质学会到英国参加第18届国际地质大会，会后便留在英国做地质考察工作。

1949年5月，时任世界保卫和平大会中国代表团团长的郭沫若写了一封信给李四光，请他早日归国，并为他留出了第一届政协委员里的自然科学工作者代表位置。然而，还没来得及打点安排，身处伦敦的作家凌淑华就告诉李四光，国民党政府外交部密令驻英大使郑天锡立即找到李四光，且要求李四光发表公开声明，拒绝新的职位，否则便将他扣留送往台湾。

李四光当即给郑天锡写了一封信，表达自己拒绝发表声明的立场，随即与夫人许淑彬商量，然后只身秘密乘火车，绕道前往法国。

李四光走后第二天，国民党驻英大使馆果然派人来找他，还带来5000美金。许淑彬代表李四光拒绝了。

10月，李四光到达瑞士边境城市巴塞尔城后，秘密通知夫人前往会合。夫妻俩在法国相见后，共同回国。

40年前的秋天,也是从英国回国,路过巴黎时,他在随身携带的一张五线谱稿纸上写了几句小提琴乐谱,共5行19小节。他将自己的英文名(J.S.Lee)写在上面,还在页眉工整地写下3个字:"行路难。"

这份乐稿一直保存在好友萧友梅那里,直到李四光去世20年后,上海音乐学院中国近现代音乐史学科的陈聆群在萧友梅的遗物中找到它。后人大多没想到,大名鼎鼎的乐曲《行路难》,竟出自地质学家李四光之手。袁隆平先生也曾深情演奏它:"欲渡黄河冰塞川,将登太行雪满山。"这几句词恰与李四光本人在革命动荡时期远渡重洋求学的境遇相吻合。

第二次回国后的李四光见到的祖国,至少有两处"新":欣欣向荣与百废待兴。

"二战"后,世界政治格局发生颠覆性变化,许多殖民地国家纷纷独立，原本主导全球石油产出的中东地区逐步对外国石油公司采取行动。苏伊士运河的运输要道被沉船切断了，国际石油贸易局势更加紧张。

抗日战争爆发不到一年，中国境内沿海各港口就相继被日军占领。石油进口通道几近断绝，抗战大后方一度发生严重的油荒。没有石油，军事机器就很难运转。

国际国内的现实与教训，都时刻提醒着石油的重要性。

实际上，中国是世界上认识石油最早的国家。早在3000年前，《易经》中就记载了"泽中有火"。宋代的沈括在《梦溪笔谈》中正式提出"石油"一词，"生于地中无穷"，且预言"此物后必大行于世"。

虽然很早就了解了石油的属性，但受制于社会文化观念与技术水平，直到近代，对石油的开发利用基本仍无从谈起，以致外国地质学家一致认为，中国是一个"贫油国"。

根据长期以来占据石油界的主流理论"海相生油"论，西方相关领域专家坚定地认为：中国土地大都属于陆相地层，不可能有良好的石油资源。

这时，李四光则从自己多年来的实地调查中做出一个大胆推测：东北松辽平原和华北平原的地质结构跟亚细亚平原的相似，都是沉降带地质结构。亚细亚平原蕴藏着大量的石油，松辽平原和华北平原也应该蕴藏着大量的石油。

要自强，先破茧

1955年1月，寒冬中的东北松辽平原，一支考察队正在进行地质勘探。他们穿越沼泽纵横的黑土，白天测量数据，晚上核对地图与资料，像在荒野中疾走的猎人。

这支队伍的带领者，就是已 66 岁的李四光。那时，我国已经开始实施第一个"五年规划"，但"工业血液"——石油依然十分短缺。一年前，李四光在《从大地构造看我国石油勘探远景》报告里指出，柴达木盆地、四川盆地、华北平原、东北平原等地是最有可能含油的地区。

可惜，东北地广人稀，自然条件复杂，3 年过去，漫长的勘探还是没有取得实质性进展。

通宵达旦的研究与不舍昼夜的勘察，让李四光患上了肾病，中央决定暂时让他到杭州疗养。

就在李四光动身的前一晚，中央忽然接到石油勘探前线报告。

一些勘探队的同志准备把普查队伍拉到外省，与此同时，另一些队员依然坚信李四光的推断，坚守东北平原。

李四光当即推掉了去杭州的计划，回到他的勘探队。这支队伍的长期驻扎，带动了越来越多地方干部、青年的加入，广阔的东北大地上形成了我国第一支石油探测尖兵。终于，1959年国庆前夕，石油部和地质部偶然在一口名叫"松基三井"的井口发现了棕褐色油龙，第一股"工业血液"直冲蓝天，挺起了共和国的油脉脊梁。

在那段被石油点燃的激情岁月里，李四光接连收到松辽平原勘察队传来的捷报……

李四光从理论上彻底击碎了"中国贫油论"，并且运用自己的理论预测，精准判断了中国的石油分布，这是一次历史性的预见和突破。

1971年4月29日，李四光与世长辞，人们在他床头发现了一张纸条："在我们这样一个伟大的社会主义国家里，我们中国人民有志气、有力量克服一切科学技术上的困难，去打开这个无比庞大的热库，让它为人民所利用。"

从科学救国到科学兴国，这条路是走不完的。直到后来新中国发现第一块铀矿石、开采铀矿，再到第一颗原子弹爆炸成功，中国的能源自信从无到有，5年时间，颠覆了过去5000年的贫瘠与匮乏。

数年后，当中东地区战火频繁的时候，当能源危机的言论屡屡被提起的时候，李四光那句慨叹仍然声声在耳："作了茧的蚕，是不会看到茧壳以外的世界的。"

贰

从容淡泊,方见更美的风景

让我们藏起眼泪，微笑

刘 波 / 文

"不是不想伤感，不是不想崩溃，只是，崩溃之后还得从头收拾旧河山……"说这话的是我的朋友家美。看她一丝不苟的发型，灰色合体的职业套装，一尘不染的黑色半高跟皮鞋，再加上一脸的灿烂，没有人知道她最近有多狼狈。

先是她的父亲突然中风住进医院，家美和母亲一天24小时守在医院寸步不离。父亲好不容易脱离了危险，母亲又因为又急又累，突然双耳失聪，也得天天去医院治疗。家美在医院—家—公司之间来回奔波，在父母亲的病床前左右穿梭。两个月下来，她已是花容尽失，成了地道的"骨感"美人。待她把父母亲接回家休养，在外读书的妹妹又打来电话，说她已报考了研究生，请家里汇一笔钱去。家美当然又得打起精神四处借钱……

我从外地回来，听说此消息赶紧去探望她。我一路走一路想家美该是怎样的憔悴，怎样的沮丧。可眼前的家美虽然消瘦，腰身却仍然如往日般挺拔，面对她的笑脸，我疑惑传话的人一定搞错了。待我小心地问起她的近况，家美说："一切都是真的。"我握住她的手说:"如果换了我,早垮掉了!"家美拍拍我的手笑:"其实我已经垮掉一百回了!"

"可你看上去……"我再次疑惑。

"是啊,我看上去无比坚强,无比乐观,像钢铁战士。所有的人都相信我快乐勇敢,无所畏惧。只有我自己知道,每次从医院回来,骑着单车穿过空旷的大街,我要用怎样的毅力才能爬上四楼。走进家门,我扑在床上只想大哭大叫,可泪水还没流出,心底另一个声音就说:别哭了,省些力气,快睡吧,明早5点起床熬粥,6点到医院,七点半赶去公司……还有份材料要交……没想完,人已入睡……"家美的脸上满是无奈,却仍然笑着。

在感慨中我只有沉默。

家美接着说:"我真羡慕电影、电视剧里的那些女人,她们总能找到一个理由崩溃一番:大吼大叫、大哭大闹,或者狂醉,或者失踪,或者干脆大病一场睡上几天几夜,什么都不管不顾。而且总会有个宽肩膀厚胸膛的男人随时等在旁边,承受她的泪水,然后为她收拾一切残局……可那只是,也只能是荧屏上的女人。现实中,你到哪里去找一个任你把鼻涕眼泪抹满他胸膛的男人?他自己正有许多说不出的烦心事呢!所以,你唯一的出路就是挺住,拿出无比的坚强和乐观,笑呵呵地对一切询问的目光说,没什么大问题,一切都很好,我能够承受!你也就真的挺过来了。"

从家美处回来已是下班时间,我坐上了公交车,车上都是下班回家的男女,大家对车内的拥挤早已熟视无睹,身体随着车身左右摇晃,手紧紧抓住一切可以抓住的东西。每一张脸都麻木而冷漠。

男人们的领带早已松开，西装起了皱，皮鞋蒙了灰；女人们的头发凌乱地披在额前，精心描画的妆容也已残缺，没有人在劳累了一天后还能保持在上司面前斗志昂扬的姿态。

当然也有笑脸如花的女人，也有风情无限的男人。可是，他们只在车窗外的广告牌上、霓虹灯里闪闪发光，车子经过他们，他们的光辉映得车内的人更加灰头土脸。他们是天空中灿烂的星辰，是供我们仰望和想象的；而我们只是沉淀在海底的泥沙，卑微无助，在生活的暗流中被驱赶着前行……

家美说得对，不是不想伤感，不是不想崩溃，只是找不到崩溃时可以依靠的臂膀，找不到可以崩溃的理由——崩溃之后又如何呢？一切都没有改变，那片旧山河也还得自己从头收拾。

所以，还是挺起腰，露出笑脸，把所有事情都自己扛着往前走，走……渐渐地，快乐也就成了你的面具，一日一日地戴在脸上，最终成了你揭不去的皮肤，再渐渐渗入你的心里。

让我们相信自己就是坚强而快乐的人！

扫兴的父亲

阿超儿/文

我买彩票中奖 600 元,打视频电话和家人分享,我妈比我还惊喜,感叹我的好运气,笑声太大引来了我爸。结果,我爸阴沉着脸说:"有什么好高兴的,你看着吧,中了 600 元,以后不知道要输进去多少。"隔着屏幕,我都能感觉到空气的凝固。不过是偶然的幸运,我爸就预设了我是没有自制力的"赌鬼",他这番话让我瞬间觉得,这 600 元不是幸运的奖赏,而是通往罪恶深渊的门票。

我爸有种技能,就是总能用一句话让正在兴头上的我立刻平静,快乐消失。我爸的扫兴方式多种多样,有时候是未雨绸缪式的,有时候是诉苦式的。多年来这两种方式他交替使用,让我从小就觉得快乐有罪,乐极必然生悲。

一

小学二年级时,我数学考了 99 分,是班里的第一名。我满心欢喜地和家人分享,期盼获得表扬和奖励。但我爸听到我考了 99 分时,立刻变了脸色:"考 99 分还在这儿跳什么,不去看看那一分丢在哪儿了,骄傲使人退步,小心下次别人超过你。"我的快乐瞬间消失,周围欢快的氛围也变得凝固。当我再次看到那张卷子时,脑海里再也没有我是最高分、我是第一名的想法,反而是那个鲜红的叉和"-1"的字样变得分外醒目和刺眼。

后来我也多次考过 100 分,但是我再也没有和他分享的欲望了。从那以后,我过上了一种小心翼翼的生活。

初中时,我参加了小学同学组织的同学聚会,回家后很开心地和爸妈分享同学们的变化。我爸转而问我聚会吃了什么,我毫无防备地细述了一遍,他又问我每人交了多少钱,我说 50 元。那是 2009 年,虽然我们家经济条件不是很好,但也不至于连 50 元也拿不出。我爸又是脸一沉,说:"每人 50 元就吃那么点东西,家里的钱又不是大风刮来的。"我一下子变得不知所措,聚会的喜悦与兴奋完全没有了,取而代之的是自责,觉得自己真不该参加,浪费家里的钱。有了这次经历,我也变得扫兴起来。同学聚会叫我,我首先会问人家交多少钱,但凡感觉花费超出我心里划定的范围我都不去,从此在同学心目中留下了抠门儿的印象。

再后来上大学了,我打工攒了一笔钱,然后在大一的国庆节,独自策划了一场去西安的旅行。走之前我并没有告诉家人,我知道自己耳根子软,只要家人一劝,我就会取消旅程,于是准备来一个"先斩后奏"。

到了西安,我在酒店安顿下来才给家里发消息报平安。正是农忙时节,我发的消息父母一时间没有看到。那天,我如同特种兵似的在西安痛痛快快地玩了一整天。

晚上,我给他们发去我游玩的照片,想让他们也欣赏一下这里的风景。我妈打来视频电话，确认我已回到酒店，叮嘱我注意安全。我正准备告诉她我的所见所闻，她的手机便被我爸抢了过去，然后就是一顿训斥："一个女孩子去那么远的地方干吗？家里忙得脚不沾地，哪顾得上看你这些，玩几天就行了，赶紧回来。"我支支吾吾小声说了句"知道了"，就赶紧挂断电话。

我的好心情全没了，负罪感、愧疚感一起涌上心头，甚至还有种"不配感"——父母在劳作受苦，我却逍遥自在。即使这次旅行的花费都是我打工赚来的，我还是觉得过意不去。我火速退了10月6日回学校的车票，转而买了10月3日回家的车票。

一到家，我便换好衣服去了地里。后来的许多个国庆节，我都再没出去旅行过，而是回家帮父母收秋。这种情况直至我谈恋爱、结婚也没有改变。

二

我在无数次扫兴中成长起来，从未觉得有什么不对。直到弟弟上大学后与我分享他的大学生活——弟弟和我分享社团生活，我说不要耽误学习；弟弟告诉我他学了一样乐器，我转而问他花了多少钱；弟弟说他谈了女朋友，我对他说校园恋爱不长久。

有一天，老公听完我和弟弟的对话，突然对我说："你怎么这么扫兴。"我呆住了，转而号啕大哭。我难过的原因不是老公这样说我，而是我意识到，曾经伤害我的那根刺已经复刻到自己身上，我开始刺痛别人。

这种感觉让人绝望。我突然意识到如果我不做出改变，那么我的女儿也会再次经历我经历过的痛苦，于是我努力试着理解我爸。

可能我爸也被他的父母这样对待过，受限于教育经历和感悟力，他并不会像今天的我一样意识到这是一个需要改变的地方。每个人都有自己的局限，更何况一个没受过多少教育的老农民，我知道在这一点上苛求我爸是不公平的。

　　伤痛不是一天产生的，"与自己和解"并不那么容易做到。但当一个母亲准备为孩子付出全身心的爱时，她就有了疗愈的能力。我会努力地学习，正确地面对，竭尽所能让我的孩子能够富足地拥有，也算借养育孩子来疗愈曾经受伤的自己吧。

生命是独立的美丽

毕啸南 / 文

人生经验浅薄。

以往,我总以为天下父母大都是一个样子,舐犊情深,人之常情。年岁渐长,才知不过是我幸运,这世间的父母愁、儿女怨,数不胜数。

朋友秋说:"我应算是其中的大不幸。"

秋生得漂亮,像她的家乡,山环着水,水绕着山,袅袅婀娜。

"我十六岁离开我们村子,我妈送我到村头,我爸连来都没来。我坐着村里一位乡亲的拖拉机到了县里,又从县里坐大巴到了市里,在一家餐馆找了份洗碗的工作,从此离家,一别就是六年。"秋穿着一身利落的时尚工装,靠在软白的皮质沙发里,言语脆硬,感受不到任何情绪。

我却听得有些讶异:"一别六年?什么意思,六年没回家吗?"

"没有。每个月都会往家寄钱,偶尔也会打个电话,但没回去过。后来我交了一个男朋友,跟着他去了北京,就更不方便回家了。"秋摆弄着自己的手指,抬眼望了望我,带着些许自嘲的笑意,

"当然，这也都是借口。我不回去，他们也不想我。寄钱就行。"

我第一次认认真真地打量起这位女企业家。

我们相识数年，她比我年长近一轮，既有女性企业家的果敢和霸气，也常有感性文艺的一面，算是很聊得来的朋友。但她的父母，却是第一次听她提起。

短短几句话，两次提到了钱。我意识到，秋看似淡然自若的状态下，藏匿着一个复杂而刺痛的故事。

"所以你认为，你爸妈只是爱你的钱，不爱你，是吗？"我和秋，不必弯弯绕绕，便直接问。

她身子侧对着我，在摆弄她桌上的绿植。我见她怔住了，半晌不动。"也许吧。"她许久才应了一句，不知是对我说的，还是对她自己说的。

秋在家中排老二，上面有一个姐姐。

父亲重男轻女，一直想要个儿子，但母亲第二胎又生了个女儿。母亲问起个什么名字好，父亲闷着头蹲在院子里说，随便吧。

母亲没念过书，想是秋天生的，就叫秋吧。

秋说，与大姐不同，她是带着原罪来到这个世界的。大姐是头胎，父母觉得还有盼头。怀秋的时候，母亲特爱吃酸，农村人讲酸儿辣女，父亲听得高兴，天天变着法儿地给母亲弄酸的东西吃，结果一生下来还是个丫头。

秋的记忆里，父亲从没有抱过她，连好脸色都很少。直到弟弟出生，她才知道原来父亲也是会疼人、会讲故事，甚至是会哼歌的。

"你知道冰冷可以有多冷吗？"秋问我，还没等我回答，她径自说,"小时候,弟弟犯了错也会被哄着,大姐犯了错会被父亲打骂。我经常故意犯错,他却从不理会我,像没看见一样。我宁肯他们打我骂我,那样至少活得还有些人气。但连这些都没有。我在这个家中就像不存在一样。那种冰冷,是窒息的。"

秋学习成绩不错,但到了弟弟上学的年纪,家里供不起,秋不得不辍学。大姐在家帮忙种地,秋不想继续待在这个家里,她跟母亲说,要去城里打工赚钱。

从成都到北京,这个四川姑娘,咬着牙熬过了生活给她的所有黑暗与挑战。她靠无尽的努力和坚忍扭转了命运,如今已成为一名成功的企业家。秋说:"我赚到钱后,第一件事就是给爸妈买了新房子,给他们买衣服,出钱给他们报旅行团。"

"我就是想告诉他们,当年他们最轻视的那个孩子,如今反而是最孝顺的。"秋低着头,声音却清亮,"我就是想证明,他们错了,全都错了。"

但生活从来没有剧本。

比来不及表达爱更痛苦的是,你根本没有机会理清一切。

2008年,汶川大地震,秋的父亲母亲,在这场灾难中双双离世。

如鲠在喉,如芒在背。

秋已经记不清,十几年前的那天,她接到大姐的电话时,究竟是一种怎样的心境。悲痛吗?崩溃吗?恨吗?委屈吗?不甘吗?

那年盛夏,秋终于回家了。

那个阔别二十多年的家乡。

大姐远嫁,弟弟在外打工,都躲过了一劫。姐弟三个忙完父母的后事，坐在村头的山包上。那是他们儿时的游乐场，捉迷藏、丢手绢、荡秋千……曾经的快乐，已如山河破碎。

三个人望着远方，弟弟说："二姐，家里对不起你。"

秋的眼泪像瀑布，顺着山包滚下去，冲刷着这个破败的村庄。

秋去大姐家住了几天，姐夫待大姐很好。晚上，俩人像小时候一样窝在一床被子里，并排躺着，四只眼睛瞪着窗外皎洁的月亮。

大姐整晚整晚地跟秋讲父母的故事。"妈是爱你的。"大姐说。

"可是她更爱弟弟。"秋回。

"那她也是爱你的，你得理解她。我们都一样。"大姐语气沉缓。

"那爸呢？"秋问。

大姐迟迟没有回答。

沉默像这个夜一样，深得看不到远方。

在后来绵长而煎熬的日子里，秋时常回想，母亲也许是真爱她的，她的棉衣都是母亲一针一线缝制的；虽然家里有什么好吃的都要紧着先给弟弟，但每次母亲还是能像变魔术一样，不知在哪儿藏了一小碗偷偷拿给秋；秋坐在拖拉机上离开村子的那天，她似乎听到母亲跟她说过："当妈的对不起你。"

只是记忆太遥远了，也太恍惚。秋只模糊地记得那个身影，那个矮矮的、小小的、木讷的、懦弱的、沉默的女人。

而关于父亲，这个男人，这个最熟悉的陌生人，她到底还是一无所知。且此生再也没有机会去问一问，他到底在想什么，他是个怎样的人，他为什么一丁点儿都不爱她，这个可怜的二女儿。

秋说，这么多年来，她一直以为，自己和父母就如同沙漠中的仙人掌，截了一段下来后，各自生长，彼此再毫无关联。

直到办理离婚手续的那天，前夫跟秋说："你以前总抱怨你爸妈这样那样的不是，但你在感情中却总是在重复他们的错误。慢慢学会和他们的错说再见吧，你得允许自己过得更好。"

秋愣住了，一个人坐在民政局门口的台阶上呆怔了许久。

她突然想起前夫以前反复抱怨的那些事。过往，只要两个人一有矛盾，秋就会把自己封闭起来。既不吵架，也不沟通，冰冷着脸，能持续大半个月，直到前夫反复认错求饶。这不正是她童年所遭受的冷暴力吗？不正是父亲对待她的方式吗？

意识的阀门一旦被打开，迷局瞬间变得清晰。

秋发现自己在情感中的很多自我甚至自私都藏着父亲的影子，在感情中遭受痛苦时的躲避和懦弱与母亲如出一辙。

她竟然在无意识而又深刻地重复着父母的错，那些原生家庭的模式、曾经伤害过自己的言行，都在她身上自然又意外地流淌成河。

"那段时间我经常去看心理医生，"秋看着我，"你是做人物访谈的，你猜我那时候在想什么？"

"你在痛苦，从头至尾，自己究竟做错了什么？为什么要承受这么多不幸？"我也看着她的眼睛，认真回答。

一颗流星从她眼中滑过，她低下头。

也许，所有子女都犯了一个错误——父母被我们神化了。

儿时，他们是我们心中的天，他们无所不能，他们就是一切。等我们长大了，才渐渐明白，他们也是在跌跌撞撞中摸索如何做一个好父亲、好母亲的。

又过了许多日子，我们也要开始学习为人父母，又发现，真的就像是小时候上学那样，有人考出了好成绩，有人确实会不及格。

有的父母，他们缺乏知识，不懂方法，做得很糟糕，但只要爱是真实的，时间总会让你感受、理解和体谅。

有的父母，他们面对不同的子女，即便都深爱，但人性使然，总会让他们潜意识里更偏向一个，而"冷落"了另一个，就像父母两个人在我们心中也会有些微妙的差别一样。

有的父母，他们真的就是不及格，甚至连分内的爱都没有，那就勇敢地认清并接受这个现实。但不要因他们的错而绑架自己，也要学会与他们的错慢慢分离。

生命不是谁的延续，它就是独立的美丽。

秋说："我用了四十多年的时间，才慢慢明白了一个道理——不要用他人的错误惩罚自己，即便这个'他人'，是父母。"

谁使她变美

〔美〕F.奥斯勒/文

几年前,纽约有一位名叫艾米丽的姑娘,她经常自怨自艾,认为自己的理想永远实现不了。她的理想是什么呢?

她的理想也是每一位妙龄少女的理想:跟一位英俊潇洒的白马王子结婚,白头偕老。艾米丽认为别人会有这种幸福,自己则永远不可能有。

一天下午,不幸的艾米丽去找一位很著名的心理学家,据说他能解除人们的痛苦。她被让进了心理学家的办公室。握手的时候,她冰凉的手让心理学家的心都颤抖了。他打量了她一下,她眼神呆滞而绝望,说话的声音像是从坟墓里飘出来的。她的一切都像在对心理学家声明:"我是没有希望的了,你不会有办法的。"

心理学家请她坐下,跟她谈了谈,心里渐渐有了底。

最后,他对她说:"艾米丽,我会有办法的。但你得按我说的做:明天一早,你就去买身新衣服,不过你不要自己挑,你只问店员,按她的主意买,因为你很需要听听别人的意见。接着你去理个发,你也不要自己选发型,只问理发师,按他的主意办,因为听从别人好心的建议总是有益的。星期二晚上,我家有个晚会,请你来参加……"

艾米丽摇了摇头,心理学家点点头,问:"你的意思是参加晚会也不会愉快,是吧?"

"肯定愉快不了。"

"不过我是请你来帮忙的。参加晚会的人不少,互相认识的却不多。你来了,可不要蜡烛似的坐着不动,等着谁上前跟你打招呼。相反,你得处处留心帮助人。要看见哪个年轻人孤身一人,你就上前问好……"

"年轻人?问好?"

"对,上前向他问好,并说你代表我欢迎他。见一个欢迎一个。你的任务就是帮我照顾客人,明白了吗?"

艾米丽一脸不安,心理学家继续说:"人都到齐后,你自己看看还能为客人做些什么。比如,要是太闷热了,就去开窗;谁还没咖啡,就端一杯。艾米丽,瞧,你要帮我大忙呢!"

星期二这天,艾米丽发型得体、衣衫合身,来到了晚会上。她按心理学家的吩咐忙活,忘了自己,只想着助人。她活泼大方、笑容可掬,成了晚会上大家都喜欢的人。晚会结束后,同时有三个青年说要送她回家。

一星期又一星期,一个月又一个月,这三个青年热烈地追求艾米丽。艾米丽选中了其中一位,让他给自己戴上了订婚戒指。

后来,在艾米丽的婚礼上,有人对那位心理学家说:

"你创造了奇迹。"

"算不上奇迹。"心理学家说,"这很简单:人不该老想着自己、怜悯自己,也应该想着别人、体恤别人。艾米丽懂得了这个道理,所以变了。是谁使她变美的?是她自己。这个道理很简单,人人都该懂得。"

| 贰 | 从容淡泊，方见更美的风景

对意外保持弹性

李筱懿 / 文

2007年我第一次去埃及，因为担心治安，报了旅行团，而旺季房间有限，我必须和团里一位陌生的女游客拼房，由于太想去，我答应了。

机场集合时，第一次见到我的室友。

她比我年长，穿着随意而闲适，妆容淡雅，话很少，和气地向我打招呼。我们把登机牌放在一起，落座后，不约而同各自拿出一本书：她带的是德国传记作家埃米尔·路德维希的《埃及艳后》，我带的是阿加莎·克里斯蒂的《尼罗河上的惨案》，我们俩都很惊喜，准备看完后和对方交换。

经历转机到达开罗的酒店，已是十几个小时后。旅友们疲惫不堪地拿到房卡，迫不及待回房间休息，可是打开门，我们俩愣住了：客房里堆满各种家具，显然久未使用。

长途奔波后遇到意外，我心里无名火起，立刻找导游交涉，导游在前台协调很久没有结果，于是先把他的房间让给我们。他房里是单人床，意味着我们两个陌生的女人要在陌生的国家同床共枕，盖一床被子。我有点接受障碍,看看室友,她虽然满脸疲惫,却微笑着说:"小姑娘,我睡觉很老实,没有乱翻身打呼噜的习惯,能委屈你和我挤一张床睡一晚吗?"

我也笑了:"荣幸啊。"

回到房间,她让我先洗漱,自己整理行李,当我走出浴室,吃了一惊。

房间里弥漫着薰衣草的气息。她的行李只占用了一个角落,物品摆放得井井有条,处处为我留足空间,床上放着她的丝质睡袍、枕垫和眼罩。

然后,她轻手轻脚去洗漱,生怕惊动准备入睡的我。

那一晚,我睡得并不踏实,我们俩都努力给对方留空间和被子,也让自己保持心理安全距离。

坦率地说,这次旅行并不顺利。当时的埃及经济落后,治安也混乱,我们穿越沙漠到西奈半岛度假,由政府军队一路护送游客大巴车队。酒店条件时好时坏,客车也常出状况,餐饮完全不习惯,旅行团里的人经常抱怨。

每当这时,我的室友就帮导游打圆场:"他已经尽力啦,大家出来是看风景和寻高兴的,旅行本来就是一件有弹性的事情,身体吃点苦,眼睛没吃亏就好。"

奇怪的是,她并不凶悍,却自带气场,每次打圆场都很有效。

室友的睡衣和日用品都很精致,外衣讲究却找不到一个明显的商标。她一点也不娇气,同吃同住12天,她总照顾我,在女王神殿给我拍照,在金字塔下帮我背包,出门还会多带一瓶水给我们做储备。

我也知趣地反馈，分享有意思的埃及历史，著名法老的绯闻、正史和宫斗逸闻，一路上我们都乐呵呵的，即便吃坏了肚子也没有影响心情。

等到和她逐渐熟起来，我才知道，她和丈夫一起创立公司，规模不小，但是后来，丈夫和秘书结了婚。她带着孩子自己过，每年除了亲子旅行，也单独给自己留个假期。

她说得很轻松，但我不敢猜想她经历这些事情时的心境。她拍拍我的肩膀，笑着说："女人得有弹性，掉在地上才摔不烂。就像这次旅行，好的坏的都接受，突发的意外的都时刻准备应付，才能看到你想看的景色啊，世界本来就和我们想象的不一样。"

我见过很多别人口中的"女强人"，可我丝毫不觉得她们"强"，我甚至感到她们的心绷得太紧了，完全没有弹性，对自己和别人都很苛刻，所以，反映在脸上也是硬邦邦的表情。

而真正"强"的女人，她不抗拒必须承受的事情，比如：暂时或者长期的误解、无法改变的衰老、逃不掉的忙碌、阶段性甚至永久性的贫穷；或者永远不能出人头地的老公，一辈子都考不上名牌大学且注定平凡的子女。

她们心平气和地接纳生活和想象的不同、理想和现实的差距，努力在力所能及的条件下把自己拾掇得好一点。

内心没有崩坏，脸上才能轻松。

就像我在埃及遇到的室友。

我至今记得她在女王神殿下仰望着蓝天与巨石，说："人与命运死磕是以卵击石，现实像块冰冷的石头，我们则像不自量力的蛋，死命撞上去,石头好好的,蛋碎了一地。可是,假如是枚煮熟的鸡蛋,最多撞出几道裂痕,从此明白此路不通,但不会有玉石俱焚的惨烈。"

那次分开时,我送了她《尼罗河上的惨案》,她把《埃及艳后》留给了我。

快乐的勇气

马家辉 / 文

就我记忆所及,我妹妹从小到大,每次考试都是第一名,而且是不必用心读书而得,否则,年年拿第一,也不算稀奇。我妹妹总是从学期初放任到学期末,吃喝玩乐,然后在考试来临前草草读读课本便行了。我的家人对此已是见怪不怪。初时,我妹妹从学校取回成绩单,进门高喊一声:"妈,我又考第一了!"坐在麻将桌前的母亲欣喜万分,尽管双手仍然忙着搓牌,至少会用嘴巴遥远地表扬几句。后来,她年年得第一,母亲听多了,没感觉了。当我妹妹再喊"妈,我又考第一了!"或"妈,我又取得流行歌曲填词冠军了!"之类,母亲听到后双手继续忙着搓麻将,嘴巴说的却只是一句淡然的"嗯,知道了"。

我曾因考试成绩而欠我妹妹一个"头颅",至今未还。话说她那年考大学,全港联招,考九科,她故技重施却又变本加厉,竟于考试的前夜跟男朋友去看电影。我看不过眼,调侃她道:"你简直自讨苦吃!如果你考试过关,我往脖子上横砍一刀,把头颅搬下来,让你用作椅子!"

她冷笑一声，没搭腔。日后公布成绩，她考了八科 A 一科 C，成为香港的"女状元"；她本来可以是九科皆 A，但因过于自大，匆匆写完答案便提早交卷离场，看漏了最后一页的最后一道题目，饮恨没法取得圆满。

然而有饮恨之感的人只会是我，绝对不会是我妹妹。她不会的，她的意志非常坚决，当她选择了快乐，便会拒绝任何懊恼，踢走所有遗憾，全心全意把眼睛放在事情的光明面上。许多年后，我阅读帕慕克的散文，他讨论快乐，说自己向来觉得快乐是一件很没水准的事情，只有忧郁才够酷，但终于发现，不，不是的，令自己快乐原来需要很大的勇气，可谓一种伦理学上的行为艺术。在那一刻，我想到的是我妹妹，她果然是一个有勇气的女子。

人生需要运气，但运气这事儿，再厉害的天才也控制不了，意志再坚决的人也操纵不来。这就更需要用勇气去对抗运气了，用选择快乐的勇气告诉命运，无论你如何狂妄嚣张都没法成功地把我打倒。当我决定让自己快乐，我便快乐，快乐地顺遂，快乐地倒霉，我才是自己的主人，你不是。

我妹妹其后在英国、美国读书，现居北京，专事写作，在她的字典里，除了"快乐"，没有其他词儿。她不知道，真的，我是如此妒忌她。

不犹豫的生活

张 春 / 文

TED 里有个演讲，说人们将 70% 的精力用于"思绪"，这很惊人，同时很可信。因为我的朋友 Mona 就是一个没有思绪的人，她有一种"秒判断"的特异功能，而她看起来真的总是那样举重若轻。

她坐出租车，看到司机在吃东西，突然感到很饿，真的很饿。于是她就伸头问人家："你在吃什么？"司机说："辣条，其实就是豆腐干。"Mona 说："给我吃一点好不好？"司机大骇之下，把整包都给了她。

还有一次，她在饭店吃饭，隔壁桌有人过生日。Mona 说："那个蛋糕看起来很好吃的样子……"大家都说："那也没办法啊，又不认识。"Mona 想了一下，突然眼睛一亮，仿佛脑海里升起了一个亮着的灯泡，手往天上一指："没关系，我有办法。"说着她倒了一杯雪碧端着走了过去，笑盈盈地说："过生日啊！生日快乐，生日快乐！"隔壁桌的人也高兴地举起杯子："啊！谢谢！谢谢！来来来，吃蛋糕！"

还有一回，Mona 去我店里吃冰激凌。可是外卖台前排着长队。

她说：“怎么办，现在就想吃啊！"我说：“不行，不排队会被客人们骂死。我可不敢给你走后门。"她说："没关系啦，我有办法。"当时在外卖台打冰激凌的是一位看起来不太年轻实际上也没那么老的大叔。Mona 走到他面前，清脆响亮地说："爸爸！我要吃一个冰激凌！"一时间排队的客人都静默了。大叔也无语了，默默地赶紧给她打了一个冰淇淋，挥挥手让她快走开。

Mona 常说的一句话是："我真是太幸运了，是不是？！"

比如："你知道吗？我今天书包里有 8 包小鱼干，我真是太幸运了！""今天吃到了很好吃的石榴，真是太幸运了！"

有朋友说她把运气都用在这些小事上，大事上一定会很糟糕！可是对于这样一个时时刻刻享受着生活的人来说，究竟会有什么大事，可以糟糕到哪里去呢？

Mona 和我一起创办了一个公益组织，最近的一次活动是办二手跳蚤市场，这次的活动由 Mona 和我两个人负责统筹。

两天下来，我累得像条狗，精神也垮了，只想吐着舌头发呆。可是 Mona 仍然步履轻盈，笑容可掬，像个小鬼头。活动结束后，她还有精力数钱算账，并且还安排了晚上去找朋友玩。我们干的活儿明明是一样的呀？

我忍不住想了一下，这究竟是为什么？想来想去，觉得 TED 那个演讲说的数据可能是对的：一般人把 70% 的精力用在了思绪上。而 Mona 作为一个没有思绪的人，她节省了不少精力。

比如说，顾客少的时候，我有些着急，在那儿琢磨着下次活动该怎么改进才好，1、2、3、4 想了很多点，一边想，一边推翻，心烦意乱。

Mona 却站在门口，望着前方不远处的电梯口。那里挤满了等着上电梯的人，电梯看起来还要很久才来。Mona 看了一会儿，手往天上一指说："我要去那个电梯口贴张海报！"

出于容易前思后想的本能，我马上提出了意见："可是我们没有海报了呀。"Mona 说："把那张揭下来！那个地方贴海报没有人看！"说着就走过去把海报利落地揭下来，去电梯口张贴了。

电梯前沉默的人群由于无事可做，都在看她贴海报。我也灵机一动，拿着笔和她一起过去，用十分引人注目的方式在海报上写粗黑的字："本跳蚤市场往后看 20 米。"

那些无事可做的人，一个字一个字地看我写完，默默地扭头朝我们的跳蚤市场看去。和 Mona 在一起，我总觉得每个人都会变得更好一点。我说笑话，刚开始说她就开始笑了。我说："还没有到笑点呢。"她说："因为预感到一定很好笑啊，呵呵呵呵……"所以给她讲故事，总是会加好几倍的效果。

我喜欢和她一起吃饭，因为她会不停地赞叹"真好吃"，并且就算所有的人都吃完了，她也会不紧不慢地吃到最后，仿佛总是对眼前的这一切感到很满意。我也喜欢和她散步，因为既可以各自沉默，也可以没完没了地说话，她总能想起趣味盎然的话题，例如：武侠小说里的大侠，钱都是哪里来的？每个人都有知识盲点，都是什么……

我想起 Mona，就想起了月亮。她并不是自己发光，却能反射别人的光，同时使自己也美美的。当她拜托我做什么的时候，我做着做着就失去了兴致,跟她说:"我不想干了,爱用完了。"她抓着我喊:"爱我!快爱我!"我就高高兴兴地振作起来。

想想,我真替她未来的男朋友高兴——能和她一起享受当下的每个时刻,用她散发出的月光温暖整个人生。

活着，就好好活

王林梅 / 文

> 她是一个特招入伍的漂亮女兵，如花似玉，能歌善舞，她还是篮球运动员。然而，这一切都毁灭于唐山大地震那黑暗的瞬间。医生曾经断言：高位截瘫、只有头部可以自主活动的她，大约只能活5年。现在，30多年过去了，她仍然活着，并且有着令人吃惊的从容和美丽。写字对她来说曾是"不可能完成的事情"，她却以一种异常艰难的姿势，亲自写下了这些文字，讲述她的欢乐与痛楚，讲述她对生命的感恩。

当全身瘫痪，将终生躺在床上度日已成为确凿无疑的现实，那一刻至今已整整过去了30多个年头。许多人都说这是个奇迹，不可思议，难以想象，但我觉得这其实并没有什么了不起的。我的体会很简单：人，不管到什么时候，都要珍惜只有一次的生命，只要还活着，就应该好好活。

当然，话说起来简单，要想真正"好好活"也并不是容易的。特别是像我这样只剩下一口气,几乎丧失了全部生存能力的人。

肢体瘫掉了,心也曾经死去,想活着的念头是我在生死炼狱中捡拾回来的,要好好活着的打算则更是在漫漫的时光长河里不断磨炼荡涤中生成凝固的。

回首往事,当绝望一点一点积累到极致的时候,我只能无奈地在心底一遍一遍地喊叫着:"完了!完了!这辈子彻底地完了!"没有被天崩地裂的旷世惨难吓倒的我,被将终身瘫痪的事实夯实在了人间地狱里,我才只有19岁呀!重返军营梦的喜泪还挂在腮边!

当叫天天不应叫地地不灵的时候,我只能一次一次问自己:我该怎样活?

毁于灾难最终也只能从灾难中爬起。我曾悲惨地觉得自己是如此的倒霉透顶,是天底下最最倒霉的人。可是,当得知在地震的瞬间,几秒钟的工夫就夺去了24万人的生命,我惊呆了。震毁的唐山剩下的只有成堆的废墟和成堆的尸体,这些尸体足足可以摆满近30个足球场——自己也险些成了这个数字中的一个。可是我还活着,还清醒地活着,还在享受着亲人们的关爱,难道还不幸运吗?

我是最早被救出送走的伤员,对地震给唐山造成的惨景没能看到一眼,但后来人们描述的情景同样让我刻骨铭心。如果父母姐兄不是冒着生命危险将我从废墟中扒出,如果救助车的司机不是抛下自己的困难及时送我踏上救治的路途,我肯定早已不复存在了。我的生命之所以能够保留下来实在是不幸中的万幸啊!我还有什么理由不好好活着呢?如果不珍惜生命又对得起谁呢?

医院是个人生的岔路口,一些人欢欣地走向新生,一些人无奈地屈从死亡。我和死神擦身而过，经历过死亡与生命的拔河，感知过病魔对人的摧残。比起伤病之后重新恢复了肢体功能的人我是不幸的，但有的病人不仅丧失了活动能力还丧失了意识，比起他们来我又幸运得多。

我应该活下去！可是活下来却又要给社会和家庭造成沉重的负担，因为我只能靠他人的伺候才能够生存。又一个难以存活的理由折磨着我。当别人将舀满饭菜的汤匙举到唇边，我实在不愿张嘴去等待别人将食物送入自己的口中。最初的日子里，那一口一口施舍般的饭食，我是和着流淌在心里的泪水下咽的。但是我很清楚，如果想活下去，你没有别的选择。

我说服自己活了下来。但生活中太多太多的不便常常煎熬着对生的渴望。夏天里，蚊虫叮咬你无法驱赶；冬日里，你无力拉一拉被子而让自己不受冻；不堪压卧的身体只能等待别人来定时翻动，一个秉性十分要强的人却不得不过着吃喝拉撒都要完全依赖旁人来打理的日子。白天，我眼巴巴地看着人们在眼前自由地来来去去而自己只有心碎的份儿；夜晚，望着睡梦中保姆随意翻动着肢体也只好要命地眼馋着……跟常人比起来，我的痛实在是难以尽述，但是，我的生命只有继续。

出乎常人的想象，被厄运推入绝境的我在外人眼里却似乎看不出有什么异样。因为我固执地就是不愿当着人们的面哀叹、流眼泪，固执地认定不能让自己的愁苦再给这灾祸添加分量了，倔强地不允许自己的泪水肆意泛滥而只能由别人来收拾残局，更不愿让自己的悲伤刺痛家人的心窝。尽管灾难的恶魔反反复复撕碎着我、吞噬着我，心魂俱焚。

卧床后，时间倒慷慨地完全抛给了我自己掌握，在我害怕跟它打交道的时候却成了时间的富翁。19岁的人生刚刚开始，漫长的卧床生涯却摆在了面前。怎样来打发时间对我而言的确是件头等大事。对于磨难是悲观叹息一蹶不振，还是顽强抗争重整旗鼓？我选择了后者。幸运的是，我朝左躺时竟也能用残存微力的右手臂带动半握的手蹭着翻动书页。对于这一点点"能力"，每每想起却也是欣喜异常而想落泪。阅读成了我平日里最大的兴趣和乐趣所在，尽管翻动书页是艰难的，但艰难而有所收获总比无为而寂寥要好得多。那些沉浸于字里行间，感知人世的时光让我觉得自己和常人无二。每每，读了篇好文章，了解了一点点社会的变化，都会觉得那一天的日子没有白过。

"从头开始"是人们常说的一句话，我很欣赏这句话。这句话的寓意丰富而深刻。它显示的是人的一种精神，蕴含着希望、勇气和力量。人生的路充满艰辛，坎坷之后还要继续前行，哪儿跌倒了就在哪儿爬起来，能有开始的勇气就会有抵达彼岸的希望。

我的生活也是"从头开始"的。尽管已经卧床，不用再按时起床梳洗上班，不再有频繁与人交往的必要，但我仍然坚持每天按时"起床"，认真刷牙洗脸。借助他人的帮助也一样要把自己拾掇得干净利落，衣服被褥也要清洁干爽，30年不辍。身体瘫痪了，精神万万不能瘫痪，我绝不能让自己窝窝囊囊、邋里邋遢地过活。我的希望就是让人们看到一个精神永远不垮的林梅。

地震后，自己丧失了报答父母养育之恩的能力，不仅不能为父母分担劳累，还硬是将瘫痪的身躯抛给了父母和家人。这已经给我的亲人们增加了无法言表的巨大负担，我又怎能在父母和家人的操劳中再添叹息和哭泣呢？况且，你就是哭瞎了双眼又能于事何补呢？泪水不仅不会洗刷你的伤口反而会加剧你的疼痛。我所能做的就是尽可能平静一些、乐观一些来度过每一天。自己的心情调整好了，对家人和身边的人都是一种福分。

人的生命只有一次，不过几十年的光景，这有限的时光是很容易消逝的。我们千万不要等到要离开这个世界的时候才来感叹生命的可贵，而应该从现在做起，时时珍爱生命，刻刻善待生活。很重要的一点，就是当厄运降临时你的选择。有些人经不起人生磨难的考验，选择放弃生命，这是一种极为懦弱而又毫无责任感的态度。我们应该懂得，一个人的生命不仅仅属于我们自己，它也属于亲人、朋友和整个社会。我们只有爱惜它保护它，使它美丽，而没有放弃的权力。从容平静地对待生活中的厄运，应该是一个人处世的最基本的能力。

生活中的坎坷磨难就如同生命的影子会时常伴随着我们，是甩不掉赶不走的。置身困境，首先我们需要正视它，若你无力改变也不要惊慌失措，放松心情，就把它当做"杨柳承受风雨，水接受一切容器"一样承受下来。

面对厄运，我选择的是微笑；面对磨难，我选择的是从容。虽然不能报答父母的养育之恩，但是我的微笑能够给亲人带来欢乐；虽然无法回报社会的关爱之情，但是我的从容能够使人们感受泰然。今天看来，我的选择是对的。

正因为有一个平静稳定的生活态度，才有了让人们赞叹的精神面貌，同时也获得了更多的关爱。战友们、同学们常常会由衷地说："每当我们有了难处、遇到了坎儿，只要一想到你，就会觉得那点困难根本算不得什么了。"听到这些话，我感到一种欣慰，感到一种满足。我瘫痪的身躯并非只是"残和废"的缩影，她仍然可以焕发出一种精神，一种价值。今生今世尽管命运坎坷，但我依然觉得我的生命是有意义的。

人有悲欢离合，天无绝人之路。当我们无奈地失去种种选择的时候，千万不要忘记还有一种选择永远属于我们自己，那就是我们对待人生的态度。

我的态度就是：活着，就好好活！如今我又学会了使用电脑，尽管我寸步难行，有手犹无，但我依然可以乘着这叶科技的快舟去走亲访友，游历山川，遨游世界，书写人生。生活就如同一面镜子，你哭它也哭，你笑它便笑，只要心不死，任何艰难险阻都不在话下！

等太阳的人

里则林 / 文

前段时间，一个朋友失恋了，整个人好像失去了以往的活力和能量。我挺想安慰他，但是我没失恋五六年了，实在不知道从何说起。我想，很多时候，某个你特别在意的人，某件你特别在意的事，一旦失去，就像你的天空失去了太阳一样，昏黑一片。但是，我相信真正会让你高兴的，是雨后的彩虹；而让你长大的，是那些被背叛的诺言。我还相信，如果你不放弃等待，生活总会升起一轮红日照亮你。

前段时间去看日出。我之前从来没看过日出，只在小时候翻看照片时，发现一张父母年轻的时候在黄山看日出的照片。他们穿着在那个年代感觉很潮的衣服，微笑的脸庞后是一轮巨大的红色朝阳，从此我对日出就充满了好奇和向往。

那天夜里我和几个朋友开着车出发了，整车人就我一个有驾照，长时间的驾驶让我渐渐失去了出发时的热情。看着导航，发现越来越靠近大海的时候，我打开车窗，想感受一下大海的气息，但是却飘进来一股浓烈的咸鱼味。这让我想起高中时的宿舍，在你所能见到的每一个角落都躺着一只发黄的袜子,散发出绝望的气息,类似咸鱼。

终于到达海滨公园的时候,在门口遇见一群骑车而来的大学生,也在等日出,搭着帐篷,有的聊天,有的睡觉。问他们怎么不进去等,他们说夜里这公园不开放,听完我就特别后悔。我曾以为,在等日出的过程中,应该是一群人聊着天,肩并肩,吹着海风一起憧憬。但那天,我们只是彼此传递着风油精,然后细数那些从身边、耳畔飞过的蚊子。我在心里默默发誓,在余生里,不会再做这种事了。

夏天的夜晚让人昏昏欲睡又睡不着。在这种折磨中,我想起了一个故事:有两个奇怪的人,一生昼伏夜出,所以以为月亮是世界上唯一能带来光明的东西。终于有一天夜里,月亮被密云遮盖,其中一个人感到非常恐慌,以为从此再无光明,将会一生笼罩在黑暗里,于是接受了这个宿命,回到住处,自我沉沦;另一个则执着地等啊等,等啊等,最后他没等来月亮,却等来了太阳。

其实我们很多时候,都会成为第一个人。

初中的时候,有个好兄弟,现在去当空军地勤兵了,就是每天挥挥旗子、站站岗、擦擦飞机,没事兼职一下炊事员,却一辈子也没有机会翱翔在蓝天的那种。他初中时,为了一个女生死去活来,失恋了就抱着我哭,整个肩膀都是他的鼻涕和眼泪,还抽烟抽到吐黄胆水。直至今日,我想起这幕,仍然觉得非常不适。他本是个活泼有趣的人,但是一段失败的恋情,就让他失去了所有的光彩。还有一个邻居,高考失败,把自己关在房间里,不吃不喝不说话,他的父母每天都特别担忧,愁容满面。

我们年轻的时候，就是这样用生活给我们的挫折持续惩罚自己，再顺便把这种痛苦传递给身边亲近的人。只是那时对那位兄弟的痛苦无法感同身受，因为那时我还没失恋过，也不知道为什么一个人考试没考好会这么伤心。

我和空军地勤兵最后一次见面，是在16岁时。那天我去机场，是我即将离开重庆时，在楼下我们相拥而泣，他又哭得我一肩膀都湿了。不过那天，我特别想对他说，我终于知道你以前为什么能那么伤心了，因为那时我也必须要和初恋女友分开了，这种感觉就是一种无法和生活抗衡的无奈。

后来那几年，我也在非常专注地为一件事努力过后却没得到好结果时，明白了那位邻居，也渐渐明白了时间是世上最无法与之抗衡的存在。它给你带来了恩赐，也带走了你所珍惜的，并且循环往复，却没有人能逆着时间前行，也因此才有那么多关于穿越的幻想，期待另一个时空有你想要的一切。

若干年后的今时今日，再给空军地勤兵打电话，他依然活泼有趣，没心没肺，生机勃勃。我跟他说起当初他失恋时的情形，他自己都觉得不好意思，也许那个女生长什么样他都难以再想起了。那位邻居大学毕业以后，有了一份满意且稳定的工作和一个幸福的家庭，QQ签名写着：这是我想要的生活。

而我在某年回重庆参加一个兄弟的婚礼，看到初恋女友时，也就仅仅觉得是见到了一个熟人而已。

那些我们曾经以为无法释怀的事，都被时间冲刷得一干二净。

回到那个故事，我们曾经都做过第一个人，但这些经历会让我们成长。我们渐渐会学着努力成为第二个人，也许在没见过太阳之前心底还会傻傻地以为月亮很亮，依然满心期待月亮再出现，但是我们不会再自我沉沦，放弃等待。

我想也许这是生活磨炼我们的方式：它会在某个时候给你带来一片黑暗，再从黑暗里去甄别我们。那些已经放弃的人，便永远不会知道默默等待的下一秒会出现什么；而执着等待的，生活总会为他升起一轮照亮他的红日。

看日出那天，在漫长的等待后，东方开始微亮，朝霞悄悄挂满天空，一轮红色的朝阳优哉游哉地从天边升起。它的壮观和美丽，瞬间打消了我所有的抱怨、不满和疲惫。你甚至都不记得在那之前的短短几十分钟里，黎明前的天空有多黑暗，我激动得想大喊一句，但是觉得不妥，就忍住了。

我本来以为这是一次失败的旅程，不过当太阳升起的时候，才发现之前的种种早已经烟消云散了。

其实很多事情、很多时候都是这样。太阳升起时，一切就都烟消云散了，但前提是，你必须得是那个等太阳的人。

叁

但行己路,
无问山海

一证十年

考拉小巫/文

阿柔是我本科时的同学,她来自农村,身材高挑,长发披肩,笑起来眼睛像弯月一般,那样美好的笑容,犹如午后的太阳晒入心房,让人感觉暖暖的。从小在城市长大的我,起初和她并没有什么共同话题。和她聊明星八卦时,她总是在我话音落下之后,先是使劲地点点头表示认同,然后用手捂着嘴再偷偷地追问:"可是……他到底是谁啊?"和她聊未来环游世界的梦想时,她总是羡慕地注视着、支持着,仿佛一个小女孩隔着橱窗看到一件昂贵的嫁衣,喜欢,却清晰地知道那不会属于她。她每每和我说起她家乡的一些事情,我也不是很能体会,只是觉得她在黄河边游泳捉鱼是一件很有趣的事。于是,在我们刚相识的那段时间,她有时会着迷于都市的繁华,我也会偶尔向往乡间的恬静,但两人都隐约觉得对方的世界离自己好远。

终于有一天,阿柔目光坚定地对我说:"将来毕业了,我想去上海闯荡,我想当一名口译员。"我嘴巴张得很大,难以置信地问她:"真的假的?你知道口译有多难吗?而且你……竟然想去上海?"其实,当时我本来想问的是:你知道上海的生活费有多高吗?打拼有多难吗？竞争有多激烈吗？实现梦想的代价有多大吗……可是，我的问题并没有问完，并不敢问完，因为怕打击她的自信心和积极性。阿柔听了我的问题后，竟然非常爽朗地笑出声来："我当然知道啦，但还是想尝试一下，要是不尝试，可能以后会后悔的。我现在就开始攒钱，攒3000块，毕业以后就去上海！"我心里为她发愁：一个农村女孩子只身一人去上海打拼，只带3000元，会不会坚持不到一个月就回家了？

后来的几年里，很少听到阿柔再提去上海的事了。我猜想，她可能只是随口说说。毕业后我一直在忙出国的事，很久都没有跟阿柔联系。有一天给她发短信询问近况，她很快就回复了，只是简短的几个字："现在在上海啦！"看到这行字的时候，我怔住了……原来她不是随口说说的。

后来阿柔跟我说，毕业以后，她一直都很认真地生活，做过口译，给外企和出版社做过翻译，虽然时常觉得工作不尽如人意，但她始终朝着口译员的目标前行。她说她要把这个梦想当成像国家的"五年计划"一样不懈地经营下去。看到她的信息，我可以想象到她在打下这些字时脸上果敢坚毅的表情。那时我才发现，虽然名字里有个"柔"字，阿柔却从不曾是个柔弱的女子。相反，纵使背景平凡，起点较低，但她一直用毅力和耐性兑现着自己的承诺。

在那之后，我们一直保持联系，我总是时不时看到阿柔的留言："下个月就要考口译证书了，真是要紧张死了！""唉，没有考过，不过没关系，半年以后再战！""真是不好意思跟你说，我这次又没考过，不过我会再尝试一次的！""又失败了，你说我是不是天生笨，可是我太想做口译员了，如果放弃的话以后我可能会后悔，只能再尝试一次了。"

最近一次和阿柔联系时，她已经获得高级口译证书，在上海一家外贸金融公司做口译员。虽然阿柔偶尔也会抱怨工作压力大、加班时间长、单位伙食差等，但我能清晰地感受到她声音里的坚定。阿柔在大学里许下的愿望，在她不停地尝试和近乎带傻气的坚持中，得到了完美的实现。从开始攒3000块到现在的高级口译员，阿柔整整花了10年时间。

在"闪职族"（换工作如照相）与"液态族"（时刻想辞职，而且这一刻想做A工作，下一刻想做B工作）悄然成风的现代职场，人们跳槽越来越频繁，从过去的5年一跳加速到现在的3年一跳甚至每年一跳。很多应届生的第一份工作甚至都很难熬过半年之痒。

我们似乎很害怕听到别人对自己的评价是"阅历不足"，这导致年纪尚轻的我们恨不得在30岁到来之前就行遍世界各地、干遍各行各业。于是，不同的工作我们换了一个又一个，仿佛通过频繁跳槽，幸运的自己一定能找到一个任务较轻、升职较快、薪水较高的"金饭碗"。即便找不到这样的完美职业，可以和别人说自己有"丰富的职场经历"，仿佛也是一件能够慰藉自己空虚内心的事。可是，然后呢？我们想做的事越来越多，能做的事越来越少；焦虑感越来越多，踏实感越来越少。到头来，却发现自己还像当年初入职场时那般懵懂无措。

人生的每个阶段都有这个阶段独有的使命，要坚持将每个阶段的使命好好完成，然后再安然踏实地迈向下一个阶段。将简单的事做持久，并一直"在路上"！

你凭什么上北大

贺舒婷/文

未名湖边的桃花开了。我曾经无数次梦想过,花开时湖边折枝的人群里会有自己的身影。那个时候,我的心情和大家一样迫切,目光却比你们更加迷茫。那年我高三。

我高一那年,差点就把自己废成了一块锈铁。上课时睡觉、聊天、看漫画,跟后面那些男生大呼小叫,把年轻的女老师气得眼里含泪。高二分科,我选了文科。你无法想象我所在的中学有着多么烂的文科班——本科上线三人,那是个什么概念?更具讽刺性的是,那三个人全部是复读生。然而我在大家或无奈或鄙视的目光里,毅然决然地在文科班报名表上写上了自己的名字。那真是我一生中字写得最好看的一次。

我只是突然间觉醒了,觉得自己的一辈子不能就那样过去。事后很多人问我当时怎么回事——也许他们是想从我这里听到一个传奇般浪子回头的故事,而我当时所能想到的解释只有这么一句:我只是觉得,我的一辈子不应该就那样吊儿郎当地过去。

第一次月考,我考了年级第12名。这是一个听上去差强人意的成绩,可是理智还是提醒我,那是一个本科上线三人的文科班。如果你不能把所有其他人远远甩在后边,第12名和第120名有什么区别?至今我还记得那次考了第一的那个女生,瘦瘦小小,戴一副黑边眼镜,趴在书桌上的身影有些佝偻。而这个印象的得来,是因为所有的人永远只能看到她趴在桌上的身影。她一直是班里第一个来最后一个走的人。我一直对那种学生有一种莫名的排斥情绪,总想,你有什么了不起,不就是死读书吗?我要是像你这样刻苦学习,早是全市第一了。事实上直到那次考试成绩出来的时候,我仍然对她不屑一顾。然后,我迎来了一生中最重要的一次班会。我不知道要怎样去感谢那个班主任,因为如果不是她的那席话,如今的我在哪里都不一定。班会上,她说:"这次成绩非常能说明问题。应该考好的人都考好了。"然后她扫了我一眼,我明白她的潜台词,也就是说在她看来我是属于没有理由考好的那一堆人里的。奇怪,我居然没有脸红。不知道是太久的堕落已经在不知不觉中磨光了我原本敏感的自尊,还是我下意识里对她的话不置可否。她继续说:"我知道有些人自以为很聪明,看不起那些刻苦的同学,总觉得人家是先天不足。可是我想说,你只是懦弱!你不敢尝试!你不敢像她一样地去努力,因为你怕自己努力了也比不上她!你宁可不去尝试,是因为害怕失败的风险。你连这一点风险都承担不起,因为在你心底,你根本就没有把握……"后面她又说了什么我已经想不起来了,我承认我当时是完完全全地蒙了,反反复复回荡在我脑子里的就只有那么一句话——"你只是懦弱!"可是,我要承认——她的判断是正确的。

那晚我在日记里写：试试吧，试试努力一个月会不会见效。当时我根本不敢对自己承诺什么，也的确承诺不起。我简直不敢相信那个从早晨六点早自习上课到晚自习下课一动也不动坐在座位上安安稳稳踏踏实实的人竟然是我自己。

然后，我迎来了那次期待已久的期中考试。至今我仍记得考完之后的感觉。抱着书走在回家的路上，茫然地看着人来人往，心里空空的没着落。那的确是我一生中最特殊的一次考试，因为它关系着我此后的方向和道路选择。其实，考试结果想必大家已经猜到了——我的的确确让所有的人真正瞠目结舌了一次。是的，我考了第一。

你永远也无法想象那个结果于我而言有多么重要。知道成绩的时候我出乎意料地平静。当自己的名字出现在成绩单的第一行时，我默默地对自己说："记住了，这世上没有什么事情是不可能的。"

后来我再也没有改变过那种态度和方法。其实所有的方法说白了都是没有方法，只有一个词：刻苦。我坚守着我的名字在成绩单上的位置，一直到高考前的最后一次考试，我始终是第一名。但是，真正的挑战还没有开始。

即便我可以牢牢占据第一名的位置，即便我可以每次都把第二名甩下几十分，我知道，北大离我还是太远。所有的老师都坚信我将会是学校里有史以来考得最好的文科生，而在他们的概念里，考得最好的文科生，意味着你可以上山大，运气好点儿的话也许可以上复旦、人大。而我只要北大。我从来没有对任何人讲起过我的志愿——如果可以称之为志愿的话。

高三第二学期，我们搬进了刚刚落成的教学楼。搬迁的那天，楼道里吵得很，拖桌子拉板凳的声音在走廊里不绝于耳。我一个人不言不语地跳过窗子，踏上了二楼窗外那个大大的平台。对面是操场，初雪未融，空气湿冷，光秃秃的树枝直直地刺向天空。雪天的阳光凉凉地透过睫毛洒在眼睛里，静静地看着远远的天空，我说了一句话，只说了一句话。对着远处的天空，我默默在心里说："等着吧，我要你见证一个奇迹。"我知道，这世上的确没有什么不可能的事情。

我从来不知道压力大到一定程度时居然可以把人的潜力激发到那种地步。我是一个极其不安分的人，可是那段时间我表现得无比耐心沉稳，踏实得像头老黄牛。事实上我曾无数次面临崩溃的边缘：五本高中历史书我翻来覆去背了整整六遍——当你也把一本书背上六遍的时候你就知道那是什么感觉了——边背边掉眼泪，我真的是差一点就背不下去了。只是，忍不住的时候，再忍一下。坚持的确是世界上最伟大的品质。

呼啸而至的风卷着漫天的黄沙，在那个北方的春天里，我们一个个头发蓬乱，皮肤粗糙。死寂与喧嚣交替，规律得让人怀疑冥冥之中有一双奇异而魔力无穷的手。惶然而又茫然的我们在敬畏与期待中迎来又送走了一模、二模以至N模，每根神经都被冷酷无情的现实锤炼得坚不可摧，不论是吟惯了"杨柳岸，晓风残月"的诗情，还是习惯了信手涂鸦的画意。在这个来去匆匆的季节里，一切敏感纤细都是奢侈，徒留无数次的希望在无数次的失望前撞得粉身碎骨，无数次的激扬在无数次的颓丧下摔得头破血流。每个人都比昨天更加明白理想和现实之间那道不可逾越的鸿沟，同时也比昨天更加拼命地努力挣扎。逼着自己埋进去，埋进书本，埋进试卷，埋进密不透风的黑茧——为的只是有朝一日破茧成蝶。青黑的眼圈，浮肿的眼袋，干燥的手指，焦虑得起了水泡的嘴角。那个春天我不知道流行的是粉蓝果绿还是黛紫银灰。小镜中是憔悴的面容和黯淡的眼睛，因为怕有什么会汪洋恣肆地在干旱已久的脸上纵横开来，我是个女孩子啊。

踏入考场的时候我很平静。"尽吾志也，而不能至者，可以无悔矣。"事实上我从来没有想过自己会考入北大以外的哪所学校。与其说这是一种自信，不如说这是一种预感。我只是想，哪怕北大只有一个招生名额，为什么考中的那个人不可能是我？这世上没有什么事情是不可能发生的。

考完后走在回家的路上，看着依然匆匆的人群，心里依然空无着落。眼睛因为泪雾而模糊，视野里的东西却越发清晰。我相信一切真实的感知都是要以泪水和苦痛作为代价的。

事实上我永远怀念那段日子，并且永远感激它。不只是因为在那段时间里我完成了自己的过渡与蜕变，更是因为那时的一切深深烙在了我正处于可塑期的性格中，成为我这一生永远的财富。人生中再也不会有哪个时期能够像那时一样专一地，单纯地，坚决地，几近固执而又饱含信仰和希冀地，心无旁骛乃至与世隔绝地，为了一个认定的目标而奋斗。当你在若干年后某个悠闲的下午，回想起自己曾经的努力和放弃，曾经的坚韧和忍耐，曾经的执着和付出，曾经的汗水和泪水，那会是怎样一种感动和庆幸，怎样一种欣慰和尊敬——尊敬你自己。是的，在这个过程中，请允许我重复一遍，最重要的是你自己。我感谢父母、感谢老师、感谢同学、感谢朋友、感谢所有关心我帮助我的人，但我最感谢的人，是我自己。"没有不可能"，这是我在一点一滴的努力与尝试中获得的认知。而且我相信，这也将会是使我终身受益的东西。

人生莫问来处

宽宽/文

2014年女儿出生后,我请了一位阿姨帮我料理家务。

阿姨姓王,40多岁,半辈子待在农村。她家有20亩薄田。晋北土地贫瘠,20亩地里全种了玉米,丰年时,全家年收入4万多元。来我家打工,是她第一次走出农村,她是他们村里第一个敢独自出来打工的女人。她这么勇敢,是为了挣钱供女儿上学。她供大女儿念完大学,花光了全部积蓄。小女儿快初中毕业了,王姐狠了狠心,决定出来打工,给小女儿挣大学学费。

村里人说:"女儿都是给别人养的,你这么做不划算呀。"她不听,"我不图娃们以后养我,我只求她们有个好前途,以后过得比我好"。每次说到这里,她都免不了抹几把眼泪,说自己无能,不能给女儿们更好的条件。

这股不听劝的倔劲,让王姐有机会走出自己的路。

王姐只读到初中毕业,听说上学时是个好学生,奈何家里太穷,没法读下去。她20岁出头嫁人,夫家赤贫,还欠了不少外债,但她看上丈夫"人好,还是个工人"。离开农村,是她年轻时最大的心愿。

王姐那时就成天琢磨，怎么从这地里多打点儿粮食，多换点儿钱。夏天地里浇灌，一般人家浇一到两次，她和丈夫勤快，盯得紧，一季浇三四次。秋天收割，同样是 20 亩地，她家打的粮食能卖 4 万多元，比别人家多出一万多元。

晋北土地大多只种一季庄稼，但因为村里观念保守，有些人宁肯在家喝稀饭，也不愿出去打工挣钱。王姐说，她最看不惯家里穷得缺吃少穿，还有心思去打麻将的人，她也不爱扎堆儿聊人是非。她把所有的心思，都用在琢磨怎么赚钱、怎么脱贫上。冬天农闲了，王姐就去村里的理发店打工，一个月能挣 800 元。一天从早忙到晚也只能赚这点儿，很多人都不稀罕赚这辛苦钱。王姐不嫌少，"年前忙几个月，能赚 3000 多元，过年的花销就挣出来了，孩子们的新衣服也能穿得齐整些"。

一个人在没有任何条件时，就只能比别人更勤奋，以此获得最初的成长条件。靠着每年多赚一点儿，零敲碎打地省钱攒钱，王姐在婚后第 7 年时，盖起了自己家的大瓦房。盖房，是一个庄户人家穷其一生的追求，不是每个女人都有这样的志向和魄力。王姐勤劳，还倔，认定的事决不妥协。

王姐坚信，只要有钱了，就能过上幸福快乐的日子。然而，生活从不会如此纯粹。生活中的苦难，何曾特意放过谁？

村里游手好闲的年轻人打斗，王姐的父亲无辜受连累，在一天出门挑水时，被误伤猝死在井边。父亲过世后那两年，王姐的眼泪都流干了。在深深的绝望过后，王姐无视任何人的阻挠外出打工。保守的村子里流传着她抛夫弃女的种种故事，她充耳不闻，决绝地要为自己的家人谋个好日子。

王姐来我家一年多了。成日里我忙于照顾孩子,把大半个家交给她,日常采买全由她打理。

每天的花销,她都会仔仔细细地记在一个小本上,精确到角,每个月结束时拿给我,固执地叫我一定要好好看。我从来不是精打细算的持家高手,过去也常不屑于此,可还是为王姐所掌握的这项技能感到震惊。全家一个月的吃喝花销,竟然不到500元,并且我要给孩子喂母乳,每日吃的看上去并不俭省。王姐持家,绝不会浪费一点儿食物,她会细细观察每个人的食量和偏好,坚持菜样多、分量少,每道菜、每餐饭都力求恰到好处。

王姐好学,对新的生活方式抱有十分开放的态度。看我做过一阵烘焙,她便也要学,回家后也让她丈夫和女儿尝新鲜。她上网查阅各种配方,一一试做,并把中意的配方抄在自己的小本上,没过多久就把蛋糕做得有模有样。

打工让王姐家的收入成倍增长,半年后,她开始大刀阔斧地"遥控"丈夫改革生活方式。她用打工挣到的钱,给家里买了烤箱,给卧室贴上壁纸,买了吸尘器。嫌烧炉子烟尘大,她大手笔地拨出一笔"巨款",把家里的取暖设施改成土暖气——在村里,她家是第一家。

她给丈夫打电话说:"家里得有花,地里那一片片的野花,咱也采些插在瓶子里,好看。"

她放假回家,第一次烤蛋糕,村里人来围观,她端着盘子房前屋后地送。那小小的蛋糕,连同家里的变化,一扫人们的偏见。王姐家成了村里日子过得最红火的人家。村里的妇女都有些眼红,争相托她帮着在外面找找打工的门路。

改造完生活方式,王姐在精神上的追求也迅速展现出来。

她干活利索,上午干完活,下午就没事做了,又不爱到小区里跟其他阿姨聊八卦,我就给她选书看。后来无须我推荐,她看完一本就从满墙的书架上自己挑选,看得如饥似渴,看完总要跟我讨论一番。有一天,她忽然对我说:"我发现书是个好东西,能让人变得有见识、有能耐,还能解烦恼。"她脸上有一种对自己特别满意的神情。我知道,从那天起,无论她未来的生活境遇是好是坏,她的心都不再容易干涸。王姐不再是原来的王姐了。

我从来没把王姐只当保姆看待,每个人来到我们的生命里,都会给我们带来启发。她让我看到,一个原本身处所谓"底层"的人,纵然负债起家(连白手起家都算不上),还是可以凭借勤奋、能吃苦、勇敢、好学这些最朴素的品质,获得更好的生活。

王姐说过一句话:"横竖饿不死,怕个啥?"这句话,真有股豪迈的气势。

后来,我搬到大理,我们俩朝夕相处的缘分便尽了。再后来,我听说她回村了,买了收割机,秋收时到邻近村子里去帮别人收割赚钱。她还想开个小蛋糕铺子,卖自己做的蛋糕、奶茶。如今,我偶尔会看到她发微信朋友圈——"干活累了,煮个下午茶",配上她自己做的蛋糕和奶茶的照片。

想拥有更好的生活,除了有求好的决心,一靠勤奋,二靠折腾,三靠学习,这是我在王姐身上学到的。这个道理适合我们大多数人。

做个优质普通人

李筱懿 / 文

我的助手张方是 1989 年出生的,她做了很多让我刮目相看的小事。

有一次我发高烧,体温升到 39.7℃,撑不下去了只好去医院。医生让查血,她便陪我在抽血处拿号等待。

我烧得迷迷糊糊,歪在椅子里。她在几个窗口前转悠,回来笑眯眯地说:"咱在 8 号窗口抽血,保证一点儿都不疼。"我烧得连问为什么的劲儿都没有了,默默地由着她张罗。

果然,抽血时像我这样晕针晕血的人都丝毫感觉不到针头扎进血管的疼痛。我好奇地问她:"你怎么知道 8 号窗口的护士技术好?"她得意地笑:"我转悠了几圈,上午这么多孩子来抽血,其他窗口的小孩都大哭大闹,9 号窗口的小孩哭得最厉害,只有 8 号窗口,即使一两岁的孩子都安安静静的,肯定是护士技术好。"简单的判断却让我心服口服。

我相信专业体现于细节,可是,绝大多数职场人士很少在细节上用力,总是盯着光环耀眼的"大事",不肯"俯身屈就"认真对待小事。

张方经常给客户送各种资料并带回回执函,这项工作琐碎而辛苦。客户们分散在城市各个区域,她每次出门前都在纸上列好顺序:第一家,地址××;第二家,地址××;第三家,地址××……一个上午她能全部搞定,中午便准时出现在办公室做下午的工作。

我问她效率怎么这么高,她说,算好公交路线和拥堵情况,规划一条最短最畅通的路线,公交车和出租车并用,提高效率的同时也节省成本。然后,她很诚恳地加了一句:"挣钱不容易,能省就省。"

我十分欣赏她自然而然的成本意识——太多人对待自己的钱锱铢必较,对待工作经费却豪爽得很。她这种高效、踏实的态度让我另眼相看。

她负责微信公众号的版面编排与发稿。有一天,她给我打电话:"我做了一件错事,我想尝试一项排版新功能,却不小心按错了键,删除了4天的内容。我尝试挽回但是无法恢复,这是我的责任,我愿意负责。"对于无法恢复的内容,我心痛了片刻,但很快释然——多少人能够坦然承认工作失误,主动尝试解决并且勇于承担责任?这些错误与这种态度相比,算得上什么呢。

她极少和我聊愿景、梦想、个人规划等,每天,我们俩一边热热闹闹、嘻嘻哈哈,一边完成各种工作。这个不是名校毕业,没有强大背景,也从未被任何高大上机构录用过的人,却修正并且丰富了我的职场观与生活观:无论工作还是生活,我们都需要做优质普通人。

在成功学的激励下,每个人都想去闯一闯独木桥,在这样的对比中，关爱家人、工作上心、信守诺言、靠谱善良的优质普通人反而显得特别可贵。

实际上，不管最终的目标多么高大上，大家最开始的出发点，都只不过是为了生活得好点。于是，优质普通人的长处便显现出来，他们不是庸碌，而是温和的优秀；他们从不咄咄逼人，总是带着暖暖的厚道。

所以，做个优质普通人并不容易，甚至，这是一个所谓合格精英真正的起点。

我不要你理解

陶瓷兔子/文

第一次听说"谭元元"这个名字,还是因为一个在美国念书的朋友讲起自己去旧金山的经历。有一天,正在广场上坐着发呆的他,忽然看到远处扬起一面中国国旗,他兴奋地跑过去打听,当地的华人一脸惊讶地连连反问:"你居然不知道谭元元?你居然不知道每年的4月9日是旧金山市的'谭元元日'?"

朋友被反问得一头雾水,连忙打开搜索引擎查找,本以为谭元元是一位科学家或工程师,一搜索才发现,谭元元是一位芭蕾舞演员。

她18岁去美国,19岁半成为旧金山芭蕾舞团的首席,在这个位置上坐了24年,年年都要跟比她年轻20多岁的新人竞聘上岗。

朋友为了这个名字特意去买过一张票,虽然对舞蹈一窍不通,买的座位也很靠后,但当谭元元在台上起舞时,他却忍不住热泪盈眶。

虽然无缘在旧金山看她的舞蹈,但当《舞蹈风暴》第二季官宣谭元元会上台时,我也毫不犹豫地买了视频软件会员准备追更。我同样对舞蹈技巧一无所知——或许也无须知道,可是美自有千钧之力,就如同你不必知道一片海有多深,一朵云叫什么名字,你依然会被那种浩大的美俘获、震撼。

后来，我顺藤摸瓜地找到一段谭元元的采访，跟所有芭蕾舞者一样，受伤的腰椎与变形的脚，一身的伤病是家常便饭。主持人表示不理解这样日复一日几乎自虐的苦修，而谭元元的回答让我非常震撼："我不要你理解，这是我的选择。"

我似乎从这句话里明白了她出类拔萃的原因——人总是期待被理解，因为在大多数时候，被理解本身就意味着被善待与被原谅。

不奢求理解，其实也就意味着不给自己任何借口，失误就是失误，练习不够就是练习不够，不自怜，不自欺，不放纵自己任何一点点的怠惰与错误，是一个人对自己的专业和梦想最大的尊重。

一生都在成长

闫 红/文

我妈是 68 岁时拿到驾照的。一开始她和我商量要考驾照时,我是反对的:"那么多年轻人都考不过,您这么大岁数了还去考,多累啊,再说了,有必要吗?"我妈有点儿迟疑,但仍然很坚持,下定决心要学。我又一想,我妈这辈子,就是靠各种学习医治苦难的,再学一样,也挺好。于是我态度一改,变作支持。我妈废寝忘食地学了 3 个月,终于把驾照拿到了手。

有一次我跟她去商场,交停车费时,收费员探身问坐在驾驶座上的我妈:"大姐,您今年可有 60 岁?"我妈回答:"我啊,71 岁了!"我妈说这类事经常发生。也是,在吾乡,像我妈这么一个两鬓斑白的老太太开车,真的太罕见了。

我妈出生于 1951 年 2 月,出生没半年,我姥姥和姥爷就离了婚,一直以来,我妈和我姥姥一起生活。我妈说,她小时候最怕听到别的小孩说"俺爸给俺做了啥啥",人家都有个爸,她没有。她 18 岁被招工,进了纺织厂,工厂里成日机器轰鸣,空气混浊,一个纺织女工一天要在流水线上奔跑 15 公里。后来她嫁给了我爸。我爸是个知识分子，同样来自贫穷之家，家庭负担沉重，家中长年累月捉襟见肘，有几年还出现各种变故，到现在才算好了一些。我妈每个月的退休金只有 2000 元左右，必须精打细算才能生活。

只是没钱倒也罢了，这几年，先是我姥姥摔断腿，然后是我爸脑血栓半身不遂，我妈全年无休地照顾他们。我想一想，都觉得暗无天日。但目睹我妈这大半生，我发现她常有一种愉悦感。是的，我用了"愉悦"这个词，而不是"高兴"。相对于高兴，愉悦的快感里，带着一点儿充实感。让我妈不觉得此生虚度的原因是，她是一个爱学习的人。

虽然我妈文化水平不高，但她很留心别人的长处。跟我爸结婚后，我爸喜欢看书，订了很多文学期刊，所以我妈也拿过来看，看着看着就上了瘾。每月杂志寄到家的那几天，我们家的饭桌上总会开几轮小型文学讨论会，我爸妈会把他们忙里偷闲看过的那几节分享出来。我对文学最初的兴趣，大概就来自这种家庭讨论。等我长大一点儿，我妈开始跟我一块儿看徐訏、张爱玲、三毛等人的作品。她最喜欢徐訏那种不疾不徐的叙事方式，一度对张爱玲很着迷。看得多了，我妈也写，写乡村往事、童年记忆，在我爸的指点下投稿，居然也屡有作品发表。

还有些技术活儿，我妈也不在话下。打印机刚流行时，我们家也置办了一台，一则为我爸写稿方便，二来时不时兜揽一些为其他单位打印的活儿，也算是家庭副业。开始主要是我爸操作，后来我妈看着手痒，一边做家务一边"王旁青头兼五一"地背诵起来，三五天后居然能见字拆字，让费了好大劲儿才学会五笔打字的我爸佩服不已。

这几年微信流行，我妈不甘心被时代抛弃，让我给她买了 iPad。从没有学过拼音的她，就成天在键盘上戳戳点点，很快，她不但能用微信发送文字祝福，聊天时使用各种表情包更是不在话下。

她到亲戚家，会注意人家怎么收拾房间；跟人谈话，会想到吸取有效信息；连看韩剧，她都注意吸收正能量。她曾经很认真地跟我说，韩国人的理念是"不要活得长，只要活得好"。她学习了，化为己用，不在意旦夕祸福，只是关注眼下的一时一刻，是否活得高兴。

我有时笑我妈，她简直就是一本行走的百科全书。我将自己与她做个对比，发现她比我勤奋。这种勤奋不是"头悬梁锥刺股""三更灯火五更鸡"的不眠不休，而是勇于拥抱人生的热情。

我妈的乐趣来自学习本身，结果并不重要，她先行一步地发现了学习过程的愉悦。这种愉悦感无须依凭，自给自足，不看别人脸色，也不用跟谁比较。因这日复一日对实现自我超越的愉悦感，即使周围慌乱不堪，她依然能够自洽。

我读小学时，班主任对我家的情况比较了解，有次居然在班上说，闫红的爸爸是个知识分子，妈妈是个工人，但她爸爸从未嫌弃过她妈妈。我当时听了暗暗吃惊，我从不曾觉得我妈就低我爸一等，至今我爸说起我妈，也总是不吝赞美之辞。

我妈是一个与命运劈面相逢的人，却不曾被命运击倒，虽然她也常常感慨自己这一生碌碌无为，但是在我看来，她这种活到老学到老、不惧任何困苦处境的精神，就是她的了不起之处。

不是那块料

严共明 / 文

年轻时练过篮球的父亲一直希望我也能系统地锻炼身体,因此在我读小学时逼着我练游泳,说这样就淹不死了。当时家里没余钱,甚至交不起游泳班的学费,父亲发现游泳教练喜欢照相,就投其所好,应承给他免费冲洗胶卷,抵消我的学费,就这样死乞白赖地把我塞进西城体校的游泳队。但坚持了五年以后,只换来教练对我的一句评价:"这孩子不是游泳的料,算了吧。"

言语之间,教练的手指展开,化为一把巨大的笊篱,从泳道里那一串游过去再游回来的队伍的末尾,把我捞了上来。父亲虽不愿面对,但我窃喜,从此再也不用喝别人的洗脚水了,也不用担心被教练用哨音催、用水滋了。

虽然窃喜,但我又不能完全认同游泳教练的话,这世上谁能比我更了解自己是哪块料呢?在游泳池里,我也许不是参加游泳比赛的料,甚至只是参照物,是背景板,但这并不妨碍我喜欢游泳啊!

还记得当年在泳池畔练习自由泳划水时,教练总是嫌我肩膀紧,说我的动作像在挥球拍。离开泳池后,他这番话突然启发了我,也许我天生是块打球的料呢!

恰好父亲有个小学同学就曾经进过北京市乒乓球队,后来还成了"少年之家"的乒乓球教练。于是在我升初中后,父亲就拉我去教练家拜师门,让我可以每天放学以后去"少年之家"跟着一群二三年级的小屁孩一起练球。

练了几天下来,我尴尬地发现,这帮小屁孩挥球拍的水平,比我当年自由泳的划水动作高多了。经过两年的训练,我渐渐意识到,那位能切我 21:0 的对手,甚至在西城区的比赛中都得不到奖牌。至于我,在游泳池里没能实现的,也不可能靠打乒乓球来证明。即便再努力,我也顶多是块"陪练"的料。

那之后,我还在学校的田径队短暂地练过长跑。但我心里格外清楚,比起那些在跑道上险些将我套圈的"非人类",我这辈子绝不是做职业跑手的料,没必要总是陪跑,还是老老实实读书吧。

但这世上又有几个孩子是读书的料呢?我始终只喜欢读自己感兴趣的书,史地类、传记类、纪实文学类之外,也就还能读些伤痕文学、讽刺小说。其他的书,就算再热门,再有名,拿到我手里也只会催眠。从小到大教过我的老师中,有不少曾经摇头叹气,都说这孩子爱耍小聪明,不是那种踏踏实实读书的料。不是踏实读书的料又何妨,总之我考上了第一志愿的大学。这说明什么呢?也许说明我是考试的料吧?

或者也不是。幼儿园升小学时,我是不足年龄的。老师见父亲心诚,便破格面试我,让我写阿拉伯数字,从 1 写到 10,我照办了。然后老师把纸翻了过去,让我在另一面倒着写一遍,我就犯难了。

"是按顺序倒着写呢，还是同时也要把数字大头朝下写一遍呢？"

我在心里盘算了一下，把10写成01不难，把9写成6不难，之后把6写成9也好办，把8写成8更容易，只是把7写成L就比较难，最难的是5、4和2……

还好，还没等写到5，瞪大了眼睛的老师就让我停笔了——估计是老师实在看不下去了。

那我到底适合做什么呢？

大学毕业时，我最想做的是导游，但后来发现，我根本不懂得怎么迎合别人，也压根儿不懂职场上的尔虞我诈。旅行社的面试官更直接，干脆劝我："你不是做这行的料，考虑考虑其他工作吧。"

后来父亲希望我能进他所熟悉的出版行业。但彼时追求经济独立的我，眼睛总瞄着天花板，根本瞧不上出版社略显微薄的薪资。于是阴差阳错地，我就去当了一名语言培训老师。我至今还清楚地记得，几年之后大学同学聚会时被人颇惊讶地质问："什么？你去当老师了？真难以想象！"

是啊，一个大四还留着长发、穿着喇叭裤、天天混迹于打口带音像店的，怎么可能是当老师的料呢？让他教书，即便认真起来，恐怕也是"毁"人不倦。

这样的一个我，到了职场上，却阴差阳错地碰到了好项目、好领导、好同事，变成了幸运儿。荒唐的是，这世间又似乎没有一种"做幸运儿的料"。

所以，活了半辈子的我，到底是块什么料呢？

我身边有很多朋友，也包括以前的老同学，都是爱子女而为之长远规划的。每当他们聊到子女教育，便会勾起我对自己童年、青年乃至成年后种种挫折的回忆。

"我家那个，简直了！"

"你还说你的，你儿子算乖的！我女儿那才是刀枪不入，也不知道是随了我和她爸谁？"

"唉，我儿子反正不是读书的料，以后他只要不惹祸，爱干吗干吗吧！"

各位，这孩子到底是块什么料，恐怕不跌倒个十次八次，是无法判断的。做父母的，固然不愿自家娃成了别人家孩子的背景板、陪跑者，但须常常记得"比上不足，比下有余"，这并不是只针对孩童或青年而言的，人这一辈子都有无休止的较量。婴儿来到世间，本都是圆圆的、粉粉的，没有棱角，更不明方向，不知轻重缓急。这一生，他们要在跌倒爬起，再跌倒再爬起的过程中自己摸索着走下去。无论怎样，总会在手掌、膝盖或是额头上，留下些伤痕，留下些"真不是这块料"的证明。

"比上识不足，比下知有余。"收获了"识与知"，有点自知之明，才不枉各种较量。若是由此懂得感恩与努力，即便不是他人眼中的"那块料"，也总会找到属于自己的位置和价值。

惊鸿一梦,逆流而上

鲁西西 / 文

你太像你爷爷了

35 岁的裘继戎长着一张能让人看到辉煌余影的脸。10 岁进北京戏曲艺术职业学院时,老师看着他勾完脸的扮相,会感动得流眼泪。"你太像你爷爷了。"

"你太像你爷爷了",长辈们反反复复跟他讲。爷爷过世得早,裘继戎没见过他。但裘继戎打小就知道,爷爷是京剧"裘派"的创始人,而传承的担子压在了自己这个唯一的孙子身上。

2020 年最后一天,裘继戎出现在哔哩哔哩跨年晚会上。他和几位其他戏种的演员一起,表演了戏曲与舞蹈相融合的节目《惊·鸿》。演出结尾,裘继戎转身跪地,提笔蘸满油彩,颤抖着在自己曾饱受评判与争议的脸上勾画着。

他想,也许观众们并不知道,此时播放的是爷爷裘盛戎的原声唱段,他在脸上勾画的扮相也源自爷爷的脸谱。观众们可能也不知道他跪的是什么,为何如此激动。

爷爷已经去世 50 年了,父亲也已去世 25 年。无论是梨园行还是整个社会，都发生了翻天覆地的变化。但对中国社会来说，有些规矩是长久存在的，例如家庭的影响、父辈的意志。许多人一生都在试图挣脱父辈的阴影，却发现逃不掉，甚至离不开。这种羁绊感，在裘继戎身上尤其明显。

初看去，他站在潮流前端，打游戏，跳 Popping（机械舞，属于街舞的一种），把京剧的身段编进现代舞，热爱迈克尔·杰克逊。

但与此同时，他还置身于一个令大多数年轻人都感到陌生的世界。在那里，规矩严苛，关键词是世家、传统、流派、衣钵……言必提"从前"。

就因为姓裘吗

从 10 岁到 30 岁，裘继戎眼前只有一座叫"继承"的独木桥。在戏校，每天早晨 6 点起床练功，唱念做打，样样严格，除了吃饭睡觉，都在学戏。被人拿来与祖辈做比较是他不可避免的命运。

在外人的想象中，名门之后的生活应当舒适优渥，但裘家并非如此。裘继戎 4 岁时父母离异，父亲带着他重组家庭，但"这个新家庭是不幸福的，为了我每天充满争吵"。无奈之下，父亲把他送到了房山的徒弟家，让他在童年时就感受到了"人生给你的第一记重击"。父亲去世后，在木偶剧团工作的母亲用不到 2000 元的工资养活这个家。"父亲什么都没留给我和妈妈，除了伤心。"

在艰苦和忧郁中，裘继戎进入了青春期。他开始怀疑：为什么生活和前程里只能有京剧？同龄人的人生才刚刚开启，但裘继戎的人生却已注定——唱京剧，工花脸，以祖父裘盛戎的标准来要求自己，演出他的经典角色，学他的扮相、唱腔、身段和神采。

于是，宿命般的时刻出现了：有一次和妈妈上街买菜，裴继戎看到一家音像店在放迈克尔·杰克逊的MTV——完全不同的旋律和舞姿，一下子抓住了他。他缠着妈妈买了一台VCD机，每天对着电视机，一点点地学跳机械舞和太空步。

"我是谁？"爱上舞蹈后，这个问题让裴继戎感到迷茫。有一次姑父杨振刚要给他加课，他借口生病了，跑去和同学练舞。姑父发现后怒扇了他一个耳光，把他打得暂时性失聪，去医院看了急诊。后来两个人再没提起这事，但裴继戎总是忍不住说起，他一辈子也忘不了长辈那恨铁不成钢的愤怒。

考上中国戏曲学院之后，他逃课跳舞，组建舞蹈团四处演出，和家人冷战，甚至一度想要退学。

20岁时，他给过世的父亲写了一封信，吐露心声："我为什么一定要干京剧这一行呢？就因为我爷爷是裴盛戎，我爸爸是裴少戎？……因为我姓裴，就因为姓裴吗？"

人还在，但是灵魂没有了

学了十年的技艺，想丢，已经丢不下了。大学毕业后，裴继戎还是进入了爷爷和父亲工作过的北京京剧院。这曾是一座辉煌的京剧殿堂，"梅尚程荀""马谭张裴赵"曾集合于此。

但当裴继戎入场时，京剧已经步入需要"抢救"的没落境地。演员们大部分时间都在练功，一个月只有一两场戏，台下观众寥寥，且多半是老人。裴继戎问自己：都说让我继承，可是都没有人看了，我继承它到底为了什么？

在压抑中，他对舞蹈的热爱重燃了。在别人看来，他常常一心二用，是个异类。他早上练功，下午跳舞。有演出时，他勾好脸，趁演员走完台的间隙，跑上去跳舞。

直到现在，他还会听到有人说他是"逆子"。

爷爷的铜像，至今仍摆在北京京剧院一楼的大厅里。一年年地从爷爷的塑像前走过，年岁渐长的裘继戎开始思考：所有人都告诉我，我需要传承，可我要传承的，究竟是什么？

而实际上，被奉为一代宗师的裘盛戎，在京剧的辉煌岁月里，也是以叛逆者的姿态登场的——当他将老生、青衣等行当的唱法融入花脸时，也一样被非议为"妹妹花脸"；当人们封其为"裘派"创始人时，也是裘盛戎本人，反对将自己的一切当作标准。人人都说"十净九裘"，但"裘派"到底是什么？裘继戎觉得，是一种精神。

2019年，裘继戎的母亲也走了。父辈渐次退出他依然年轻的生命。路走到今天，他不打算回头。"如果爷爷现在活着的话，我肯定能跟爷爷成为哥们儿，我觉得爷爷一定会支持我。"

一定要找到自己是谁

哔哩哔哩跨年晚会播出后，裘继戎主演的《惊·鸿》收获诸多好评。《半月谈》杂志评论说："当传统文化结合新的表现手法，当东西方文化、古典与流行进行更为大胆的探索，你是否也能感受到文化传承与融合的力量？"

身为"裘派"的唯一传人，裘继戎却从未见过开创门派的祖父，只是从别人的口中听说过他的故事。这吊诡的命运，给了他构建节目的灵感——没有见过，如何传承？没有选择，如何热爱？

于是，"梦"由此生。梦里，杜丽娘和柳梦梅可以跨越生死相会，祖孙自然也可以穿越时空和褒贬，初见即神交。梦里他听到了从未谋面的爷爷的声音，然后走入各种戏曲的经典场景。不只有京剧，一切在这里都能出现，没有隔阂，他都能去学习、去尝试，而以现代的舞蹈来表达，他和戏曲之间的关系是似隔非隔、彼此欣赏的。在最后，他勾脸，是和祖先对话。这是完成了他的心愿。

在舞台上的最后30秒，一切昔日的辉煌都退去了，剩下"裘派"的包公，施以嘱托的眼神与手势。一束光打在舞台上，打在包公黑色的脸上，打在裘继戎伸出手却无人相握的背影上。包公水袖一甩，退场了。而裘继戎的脸上，微微露出五味杂陈的神情。

裘继戎自己明白："慢慢地，他们在游离的状态下离开这个舞台，最后我又是很孤独的一个人。虽然很难，但我一定要找到自己是谁。"

女孩孙玲

王耳朵先生 / 文

孙玲的出身普通至极,她的父母都是典型的中国农民。

她从小放牛、喂猪、插秧、挑粪……什么都得干。可能是太早承受生活的艰辛,孙玲对学习特别上心。中考时,孙玲考上了县里排名前三的高中。但父亲以"女孩子读书有什么用"为由,中断了她的学业。在别人家的孩子开始忙着入学的时候,孙玲只能跟着舅舅学习理发。

那时候孙玲对未来也没有强烈的憧憬,但有一个念头很明确——"我不想过这种生活"。她软磨硬泡,把所有的亲戚央求了一遍,让他们在父亲面前帮自己说好话。父亲终于松了口,重新把她送回学校。只是她错过了入学时间,只能进入一所民办高中。

这所民办高中的教学质量不是太好。2009年高考,孙玲的成绩在全校应届生中排名第一,却连二本线都没达到。

唯一的幸运是,一家软件培训机构在学校做推广,孙玲参加了他们举办的为期7天的免费夏令营。那时,她有一瞬间感受到一道希望曙光的降临。她想学编程,但是因为家境困难,她还是无奈地和这道光擦肩而过。

一个月后,孙玲远离家乡,来到深圳,成为工厂流水线上的一名普通女工。

在这里,孙玲的工作很简单,她负责电池检测,工作不算辛苦,但是极其枯燥乏味,一个月的工资最多也不过2000元。她觉得和工厂里那些冰冷的机器相比,自己更像一台没有感情的机器。她心中渐渐有了逃离的想法。

尤其是,这时还发生了一件事,对她造成了巨大的打击。有一次她要进城,到了公交站发现自己连公交车都不会坐。

那一刻,孙玲下定决心要离开工厂,她不能活在那个封闭的世界里。孙玲想起了高考结束的那个夏天,想起了那次免费的计算机培训。那道希望之光穿过时间的阻隔,再次照耀在她的身上。

2010年,孙玲鼓起勇气,从工厂离职。她用这一年辛辛苦苦攒下来的钱,去一家软件培训机构报名。她在日记里写道:"我的认知在社会上站不住脚,不是因为我周围的世界太小,是我站在世界的墙外。"

对离开工厂后的求学生活,孙玲已经做好了准备。但是,命运丝毫没有给她一点点优待。她的积蓄,只够缴纳第一期软件编程的学费。没有其他收入支持,孙玲白天学习,晚上6点到11点要去肯德基打工。她工作一个小时挣7元,挣的钱只够吃饭。

第一期的课程结束,她没有钱继续报第二期和第三期,就想尝试去找和计算机相关的工作,边挣钱边学习。但是,没有公司愿意招她。

不过孙玲没有放弃,她省吃俭用,苦苦寻找,终于遇到一个 IT 培训机构,为她提供了边工作边学习的机会。

这家培训机构的学费可以分期付,上课方式也非全日制。此后,周一到周六,孙玲做电话客服,周三、周五晚上和周日全天上课。她挣的钱还是不够,就申请了一张信用卡,借贷缴学费。

经过一年的辛苦打拼,一家与培训机构有合作关系的公司来招聘。就这样,平时学习拼命、能力出众的孙玲成功突围,正式进入 IT 行业。

此时,孙玲每个月的工资是 4000 元,朝九晚六,周末可以双休。后来,她换了一次工作,工资涨到 6000 元。

有了稳定的工作,收入也渐渐水涨船高,但孙玲并没有将自己的生活停靠在舒适区。

2012 年 4 月,为了拓展自己的技能,孙玲在一家英语培训机构报了名,学费 3 万元。这一次,她又近乎耗尽自己所有的积蓄。

2012 年年底,她发现自己学历太低,影响了职业发展,便报考了西安交通大学的远程教育班,学费要 1 万多元。

这下更是让本就捉襟见肘的生活雪上加霜。这些在外人看来可能有些"疯狂"的举动,孙玲自己却甘之如饴。

最后,她不仅取得西安交通大学的计算机科学与技术专业的专科学历,还在 2015 年拿到了深圳大学的学士学位和自考毕业证书。

这一年,孙玲 24 岁。

在很多大学生刚刚毕业,对自己的前途和命运感到迷茫的年纪,这个高考失利的姑娘,正在全力以赴地为自己的人生添砖加瓦,一一点一点地去修正命运偏离的轨迹。

时间转眼来到2017年。这时候的孙玲，不仅在英语上有了长足的进步，在学业和工作上也已经让人刮目相看。但是，更加出人意料的是，孙玲竟然不声不响地报了美国一所高校组织的计算机学科硕士留学项目。学校要求报名者必须有编程经验，有本科学历，有英语沟通能力，还要负担得起一年的学费。而这一切要求，孙玲都在不知不觉中全部完成了。为此，她还花了整整一年时间，存了10万元。

"所谓的才华和机遇，都是基本功的溢出。"这样的话，用来形容孙玲最恰当不过。

2017年9月8日，孙玲收到了从美国寄来的录取通知书。当这个消息传回家中，父亲的第一反应是："你怎么还读书？"此时的孙玲已经28岁，在农村，这个年纪的女孩早已经结婚生子。

不过，这一次父亲已经无法改变女儿的命运。在大洋彼岸，孙玲开始了自己另一段崭新的人生。

孙玲的留学生活很精彩，在努力学习之余，她还积极参加校内外的活动，甚至筹划并主持了2018年学校组织的春节晚会。很快，学习生活结束了，孙玲要在美国找工作，这对她来说又是新的挑战。

两个月60多场不同形式的面试，大多数以失败告终，但她始终没有气馁。2018年10月，孙玲获得了亿磐公司的录用通知，工作内容是对接谷歌公司的项目，工作地点就在谷歌的办公楼上，年薪82万元人民币。

回想2009年的深圳街头，那个被生活打击得体无完肤的姑娘，恐怕不会想到，自己的一次逃亡，竟然是改变人生的开端。

孙玲曾询问过上司为何选择她。上司笑了笑,对她说:"第一,你的自学能力特别强;第二,你接受反馈的速度特别快;第三,也是我最看重的一点,在遇到模棱两可的问题时,你会先把问题搞清楚。"

说白了,就是孙玲身上有一种敢想敢做的特质。

孙玲奋斗的 10 年,其实就是她解决人生中各种问题的 10 年。正如她在 TEDx 演讲中说的那样:"我想趁着我年轻的时候,做一件感动自己的事情,去更大的世界看一看,看在这个世界里,我的生存能力到底有多强。"

这就是孙玲,纯粹而简单,真诚又努力。这个世界没有什么绝对的公平可言,但是,我还是愿意相信:一个人靠异乎寻常的努力,靠知识和正确的选择,而不是靠幸运和邪恶,也可以获得想要的生活。因为一个出身贫寒的普通人逃出命运的樊笼,拥有自己想要的人生,本就是这个世界上最了不起的事情。

赶时间

李开云 / 文

一

小时候,一直不明白父亲种庄稼为啥那么赶,到了近乎苛刻的地步。在我看来,早两天晚两天无所谓,何必非得起早贪黑,像要与老天爷赛跑似的往前赶呢?

直到自己成了半个农民,我才领会到"赶"的重要性。

比如小麦和玉米,如果不赶在一场大雨前收回来,一年的辛苦就可能白费;如果不抢在某个节气前将种子播下去,作物的长势就可能很差。

面对庄稼,父亲有时候会非常和蔼,有时候又忍不住大发雷霆。我们都不知道他为什么喜怒无常。

我曾经发过一条微博:"如果我今天着急了、生气了,那一定是因为我没有按计划完成写作任务。"

我实在找不出着急、生气的其他理由。

现在回想起来,我今天的状态与父亲当年的状态何其相似!他当年因为庄稼没有及时播种或者收割而暴躁,也因为庄稼正好赶上时节有了好收成而倍感欣慰。

只是，当年的父亲从来不告诉我们这些，我们也无从知道他内心的想法。

播种，迟了不行，早了也不行。有一年，我过早地在菜地里撒播了菠菜种子，结果菠菜长出来后，气温一高便开花了。而开花，意味着蔬菜的生命即将走到尽头。

有一年二月刚过，气温还很低，我就迫不及待地在地里种下了藤菜。后来这些藤菜几乎全部被冻死，偶有没冻死的，长势也很差，几乎到了颗粒无收的地步。

记忆中，种庄稼的父亲好像每年都在"赶"，就没有停歇的时候。现在想来，"赶"其实是人生常态。我们在这个过程中感受到了辛劳，也感受到了喜悦。

二

很久不见李爷爷来菜地了。一个星期天的早晨，意外在地里碰见正在打理瓜苗的李爷爷。我问他这段时间到哪里去了，他笑呵呵地说："回老家盖别墅去了。"

接下来，他滔滔不绝地给我讲述他儿子在老家盖别墅的经过："偌大一个山头，挖掘机不到半天就给挖平了。"言语之间，李爷爷满是喜悦和自豪："现在交通条件好了，离公路不到70米，就是我家。"

看着李爷爷幸福的模样，真想找个机会去他老家看看。

听说我把种田的故事写成了一本书，李爷爷每次看见我，都会问一句："书出来没？"我红着脸说："出版一本书的时间很长，等书出来后，我一定送您两本。"有一次，他还特地拉着我的衣角，在我手心里写下他的全名：李清贤。

李爷爷从小在农村长大，年轻时在农村种地，如今人到晚年也不闲着。偌大一块菜园中，就数他种地最仔细。

然而，一向种地非常认真的李爷爷，面对一片参差不齐的玉米地也犯了愁。

这片地，明显有十几株玉米比其他地里的矮小。我还以为这些矮小的玉米是他补种的，谁知他告诉我，都是同时种下的。

我大惑不解：同时种的玉米，为何长势参差不齐，而且差异如此明显？

原来有一天下午，李爷爷正在给玉米施肥时，突然接到一个电话。他不得不丢下十几株还没施肥的玉米，匆匆忙忙地走了。

原计划第二天就来施肥的李爷爷，没料到接下来几天竟然下起了绵绵细雨。等雨过天晴，李爷爷来到地里一看，顿时傻眼了：剩下那十几株没施肥的玉米，明显比其他施过肥的玉米矮了一大截。

李爷爷一边责怪自己没有施完肥就走，一边亡羊补牢，急急忙忙地给剩下的那十几株玉米补肥。然而，无论他怎样补肥，那十几株玉米苗就是迟迟长不起来。

有个星期天的早晨，李爷爷站在他的瓜架下，望着玉米地，感慨地说："人生最关键的就那么几步，特别是年轻的时候。年轻的时候赶不上，此后无论怎么努力都白搭。"

李爷爷的话令我想起小时候跟父亲一起下地种田的情景。那时父亲总说："可别糊弄了庄稼！你糊弄它，它就糊弄你。只要你勤奋，这庄稼就不会亏待你。"细想，种庄稼和人生的打拼是一样的，你挥洒了汗水，才会有胜利的果实。大学毕业那年，我拼命地想在城市里找一份工作。没有钱，没有家庭背景，没有关系，我只能比别人更卖力、更勤奋。勤奋，是我通向城市唯一的敲门砖。最困难的时候，我曾在深夜独自走了八公里路才回到住所，因为身上穷得连坐公交车的一块钱都没有。即便这样穷困潦倒，我也依然执着向前。

现在，我常常想起父亲说过的话，觉得这城市就跟父亲的庄稼地一样。人生紧要的就是那几步，如果赶不上，就会相差很远。而努力了，必然会有收获。"赶"是一种常态，它没有终点。

我在故宫修房子

蒋肖斌 / 文

"你在哪儿工作?""大内。"当被人问起工作,今年刚刚30岁的吴伟总是憨笑着如此回答。

作为一个在故宫修房子的人,吴伟的工作内容之一是上房顶。

2013年10月,刚入职故宫博物院工程管理处的吴伟,第一次爬上了宝蕴楼的屋顶。因为过于兴奋,他忘了戴口罩,吸了满满一口百年老灰。

2015年4月,故宫博物院开工修缮大高玄殿,当时27岁的吴伟经过了宝蕴楼项目的锻炼,成为该项目的现场负责人。大高玄殿是故宫的一块"飞地",并不在宫墙内,而在景山公园西侧,是明清两代皇家御用的道教宫观。吴伟站在大高玄殿的屋顶上,以前所未有的视角遥望紫禁城。时为秋季,红墙黄瓦,天朗气清。

"我学的是考古,若把古建筑当成一个未发掘的考古遗址,房子就是一个巨大的探方。我每天在房子里发现历史——这算屋顶上的考古吧。"

其实,学考古,不是吴伟的第一志愿。

2006年高考结束后填报志愿，吴伟并不知道自己喜欢什么，就随大流填了南京大学的法学系，结果分数不够，被调剂到了历史系。新生报到时，接他的一个学姐是学考古的。路上闲聊，吴伟好奇地问："考古学是做什么的？"学姐答："考古学很好啊，能到处跑，能看到新鲜东西。"

"我是一个无法安静坐下来的男生，好奇心比较强，深入了解考古学后，发现还真挺适合我的。"于是，在大一结束后，吴伟申请换专业，正式迈进考古学的大门。本科阶段学的都是基础课，到了研

究生阶段需要选方向，吴伟想起了本科修过的一门课程"中国古代建筑史"，老师用考古的方法来研究中国古建筑，给他留下了深刻印象。于是，这个未来要去故宫修房子的男生，从这里开始了对古建筑的研究之路。

2013年10月，经过入职培训，吴伟参与了第一个项目——宝蕴楼。这是民国时期修建的一处存放故宫文物的库房，曾为咸安宫。故宫需要修复的古建，一般都是到了不得不修的地步。第一次走进宝蕴楼，屋顶在漏，地上摆着塑料盆接雨，吴伟有些心疼。

"古建修缮在动工之前要做勘察测绘、出方案，但中国传统木结构建筑是榫卯结构的，有很多隐蔽部位，在没拆开之前，很多信息你不知道。这就需要我们在现场根据实际情况不断调整、完善方案。"吴伟说。比如，宝蕴楼的咸安门，前期测绘时，一根柱子怎么测都比其他的短几厘米，打开屋顶后才知道，是因为柱头里面朽坏了。

作为新人，吴伟主要负责做记录，但他会给自己加活。咸安门的木结构拆开后，斗拱和梁架榫卯呈现在眼前，吴伟就自己爬上去测绘。一测就发现，这个构造特征是明代的，这在之前并没有明确记录。

吴伟并不上手具体施工，但他喜欢和师傅们聊天。"说来惭愧，刚来的时候，大家讲专业术语，如油饰的'一麻五灰'，瓦的'压七露三'，吻兽每个部位的名字，根据砖墙的缝隙就可以分出干摆、淌白、撕缝……开始我都听不懂。"在施工现场，吴伟一有不明白的，就请教师傅。

渐渐地，吴伟给施工方"找碴"的本事长了不少：比如，钉望板

（又称屋面板，铺设于椽上的木板——作者注）必须用传统的镊头钉，不能用洋钉；毛坯砖需要砍制打磨，砍的过程必须手工完成，不能用机器……宝蕴楼完工后，吴伟来到了大高玄殿。由于长期被用作办公用房，宫殿年久失修。"我很幸运，这可能是我这辈子能遇到的最大项目，几个大殿要全部拆解，瓦木油彩画几个大项目都有涉及，锻炼十分彻底。"

在吴伟看来，古建修缮的理念十分重要。大高玄殿的后殿九天应元雷坛，曾在八国联军侵华时被烧毁了屋顶，只有斗拱以下是明代建筑，大木屋架是光绪年间复建的。那现在修复屋顶，是以明代还是以光绪年间的为准？

吴伟认为，如果没有那段被烧的历史，可以恢复到明代，但光绪时的复建，也是一段不可抹去的历史。"我们要防止过度修缮，不同历史时期的信息，能保留的都尽量保留。就算不能保留，也一定要记录下来。"

修缮过程中也常有一些有趣的发现。比如,打开九天应元雷坛的屋盖,吴伟发现,大木结构东西两边的榫卯做法截然不同,这说明当时可能有两个工程队在同时施工,各自传承的手艺不同,且互不妥协。

"我学的是考古,考古的一个重要理念就是透物见人——透过器物,看见古人的生活与文化、古代社会的变迁与发展。"吴伟说,就这样,他的眼前仿佛出现了当时的施工场景,工匠们在自己身边忙碌着,却隔了百年光景。

有时候,在故宫里走着,吴伟就想,古人在走这条路时,两边的建筑是什么模样。

吴伟每天上班单程需要一个小时,早上6点多起床,7点出门,早高峰时的地铁5号线把人挤得泪流满面。他笑着说:"自己选的路,含着泪也要走下去,但我从来没有后悔过。在故宫,我的专业能力提升很快,学习和历练的机会也很多,不亏。"

吴伟说,他最喜欢的季节是秋天,北京的秋天从未让他失望过。

肆

总有一盏灯为你而留

有一种谎言，让我们泪流满面

张月芳 / 文

每个人的能力是不一样的

从幼稚园开始，手工制作的课堂就是滋生我自卑情绪的土壤。别人翻飞的指尖下，小猫小狗栩栩如生、呼之欲出，而我却躲在角落里跟制作材料打架，使出的劲儿能牵回九牛二虎，就是不能把它们摆平……无数次伤心地问妈妈为什么，妈妈的回答总让我信心倍增："每个人的能力都是不一样的，这方面差，在另一方面总会得到补偿。大发明家爱迪生小时候的手工制作也很糟糕，甚至被称为笨孩子，可这一点也不影响他成为发明家。"是啊，我也有许多别人不及的优点：我会声情并茂地讲故事；还能搬很重的东西并坚持很长的时间……在妈妈的提醒下，我经常对自己有许多新的发现。

童年的时光是一列幸福快车，满载着我的欢笑，也满载着父母对我的精心呵护——他们对我爱得多么小心翼翼，好像我是一个泥娃娃，不小心就会跌破一样。

别拿自己的缺点和别人的优点比

进入中学，苦恼多是来自那可憎的体育课。许多锻炼项目都折磨着我还不太成熟的内心,它们像班上那些喜欢嘲笑弱者的男孩,一个个地笑着胆怯的我:"笨!笨!笨!"有一天,那个黑脸的体育老师终于发怒了,因为我怎么也完成不了那个"前滚翻",他生气地喝道:"站一边看别人怎么做!"然后,在我低垂的眼帘下,同学们一个接一个地轻松翻滚,像一只只快乐的小皮球,而我……我的脸羞愧得能滴出水来!

那一天是怎么回家的已然不记得,脑海充斥着通天的绝望和自责。一见到爸爸,立即扑进了他的怀里,抹着淌不完的泪水。爸爸的眼圈也红了,他翕动着大鼻孔向我道歉:"都是爸爸不好,是爸爸把这些缺点遗传给你了……""遗传?"我已经顾不上流泪,"爸爸,你也这样吗?""是啊,不信,你瞧……"说着爸爸就做"前滚翻"的动作,笨拙得像只老乌龟四仰八叉怎么也站不起来,我扑哧一声乐了,那么优秀的爸爸也有弱项!

第二天是妈妈陪我去的学校,她说要找教体育的马老师谈谈。

我害怕妈妈会责怪马老师:"妈妈,不怪老师着急的,我太笨了。"妈妈笑了:"我不是去责难老师的。我只想去告诉他,你某些动作比别的孩子稍差一点,你会慢慢赶上别人的,让他别着急。另外,你并不笨,不是说过吗,人总有优点和缺点,而你恰恰在拿自己的缺点和别人的优点比,当然会痛哭流涕了。"妈妈的一番话说得我不好意思起来。

从此,体育课上碰到我做不好的动作,马老师再也不强求了,这让我又恢复了从前的快乐。

袁源是脑瘫

如果不是那次我突兀地闯进老师的办公室，也许我的生活会一直平静如水。

那天，我送迟交的作业本到办公室，走到门外，听见马老师提到了我的名字："袁源啊，你不知道吗？她小时候被诊断为脑瘫！""脑瘫不是一种很严重的智力疾病吗？我看她的智力还可以……"是语文老师的声音。"她是轻微的，主要表现为动作方面的缺陷，我原来不知道，是听她妈妈讲的……"

一下子，眼前的一切全模糊了，林立的教学楼、精致的石雕，以及老师刀子一样咯吱吱的声音，它们缥缈得像烟雾若有若无，可是内心的剧痛却提醒着我一切真实地存在！艰难地隐进那片小树林，我终于"哇"地哭出声来……

袁源——脑瘫！怎么也想不到这两个词发生着致命的关联，难怪家里有那么关于脑瘫的书！描绘在书里的是一些什么样的人啊，残疾、智力障碍甚至痴呆！幼稚的我还经常把它们拿出来翻翻，满足着一种事不关己的好奇，而现在才知道，里面写得满满的、画得重重叠叠的——全是我！而我活在父母的谎言中，依然兴高采烈……难怪我总是比别人笨拙，难怪体育老师不再强求我完成动作，原来他们早就知道我是个低能儿！

一股蓄积已久的力量促使我狂奔起来。泪水纷飞中，我居然闯过了一路的红灯绿灯人流车流。我要远离学校，远离人群，远离这个嘲弄我的世界，我要钻进自己的房间，永远也不出来，永远！

要忽略自己的缺点

紧闭的房门拦截着外面惶惑的父母。我倔强地躺在床上，听任他们千呼万唤。最后爸爸撞开了房门，他恼怒地拉起床上的我："听着，源源，无论发生什么事，你也不要把父母拒之门外！""我是脑瘫患者，我做出什么事，你们也不要奇怪！"眼泪又一次像断了线的珠子，一颗接一颗地滚落。妈妈一把搂过我，惊恐万状："源源，你是听谁说的？""你们骗了我15年，你们还想骗我多长时间？原来我是智力障碍者，怪不得体育课对我那么艰难……"伤心、绝望，像波涛一样在内心翻滚，尔后"哗"地顶开了闸门，我伏在妈妈的怀里哭得天昏地暗："妈妈，为什么会这样？为什么？为什么？！"妈妈抱着颤抖的我哽咽着无言以对。

痛哭之后，我终于疲倦地睡着了。

睁开眼的时候，已经是一个清新明媚的早晨，妈妈坐在我的床边，爸爸在房间里踱着步……他们守了我一夜。

看到我醒来，妈妈扶起了我："源源，我们要振作起来，不能被自己打倒。孩子，去洗脸刷牙吧，把你的漂亮脸蛋收拾干净！"我一向是听话的孩子，于是顺从地走进洗漱间。收拾完毕，爸爸握住我的手："源源，你长大了，许多事应该告诉你了。"我看看妈妈，她也是一脸的庄重，"你是脑瘫。从小爸妈就带你四处求医，才解决了你走路的难题，但精细动作总不尽如人意，但我和你妈妈都很满足了，因为和严重的患儿相比我们是多么幸运。为了保护你的自尊，为了不让你成为别人嘲笑的话题，我们一直保守着这个秘密……这样做是不想让病魔在你心里留下任何阴影。你的确如我们所期盼的那样，活得很快乐……"

爸爸走到窗边深吸了一口气，然后猛地回过头来，像下了一个很大的决心："爸爸还要告诉你一个秘密，爸爸也是脑瘫！"他盯住我无比惊讶的眼睛，"也许你认为怎么这么凑巧？对，上天就安排得这么巧。爸爸之所以告诉你这个秘密，是想向你证明，脑瘫患者也可以活得很精彩。"是的，爸爸活得很精彩，在商场上叱咤风云，对一千多名员工指挥若定。可我对他的说法很怀疑，也许这只不过是美丽的谎言，只是为了找回我的自信？妈妈看到了我眼里的疑惑："细细看，你就会发现，爸爸走路脚是踮着的，为此他曾经很苦恼。""是的，我曾经很绝望，像你现在一样。后来我发现，当我忽略了自己的缺点，别人也就不会在意！"细看下来，爸爸确实踮着脚走路。乡下的奶奶也打来电话，说爸爸那时的症状比我严重得多……

像行走在小说里，一切都是那么曲折离奇，我不得不静下心来整理自己纷乱的思绪。那天我得出了这样的结论：扬长避短，我也会像爸爸那样成功；在奋斗面前，脑瘫也不过是只纸老虎！

经过这场风波的洗礼，我一下子成熟了许多。生活的道路上我重拾起自信，艰难前行，然后摘取了一串串硕果：考上了理想中的大学；拿到了不少论文获奖证书；我的演讲总会引起小小的轰动……在父母的支持下，我的人生不很顺利却很精彩。

谎言造就了我的自信

工作了，所在单位离姑妈家最近，所以那里成为我改善伙食的去所。一次无事和姑妈闲聊，我谈到爸爸的脑瘫，她笑了起来："你爸？什么病也没有，小时候可顽皮了！""那为什么爸爸走路总有点踮脚，那可是脑瘫的症状。""他踮脚吗？不可能！不过他学踮脚尖走路倒学得蛮像的，他那个模样最笑人了！"姑妈沉浸在对往事的回忆里，而我却怔在姑妈的笑容中……

　　我终于体会到父母的良苦用心，他们用谎言的剪刀一次次地修剪掉我生命树上自卑的枝条，所以我的自信才得以在阳光下恣意伸展。我要立刻发邮件给父亲，告诉他，在下次见到我的时候不必再踮着脚走路了……

忧伤的茄子

达达令 / 文

我在初中念寄宿学校的时候,有次被一位名叫木木的女同学邀请到她家里度周末。

当时她的妈妈在家,热情而温柔地欢迎了我之后,就到厨房准备做晚餐的食材。过了一会儿,她的爸爸下班回家。我跟这位叔叔打了招呼之后,他也直接去了厨房。

不久之后晚餐就开始了。

如今回想起来,那应该是我人生中吃到的为数不多的非常精致的家常菜。六七样小菜,色香味俱全。

其中有我最喜欢的一道菜——茄子煲,软糯鲜香,入口爽滑,极为过瘾。

在我家,虽然偶尔在餐桌上会出现茄子这种食材,但大多只是最基础的做法:没有肉末,没有其他多余的配料,只是清炒,最多加一些葱、姜、蒜而已。

甚至在很多时候,母亲会跟我说,茄子这道菜非常费油。所以干脆就以"对身体不好"的理由,将茄子直接撤出我家的餐桌。

那天晚上，我知道了木木的父母都是同一家单位的员工。木木的妈妈是一名文员，爸爸则是单位食堂的掌勺大厨。在平时的生活中，因为爸爸上班的时候已经在厨房里待得够久了，所以都是由木木的妈妈负责做饭。

但是那个周末，当我去她家的时候，那顿饭菜都是由木木爸爸负责做的。她妈妈只是帮着处理食材，做些准备工作。

当时我并没有意识到这是一种至高无上的被尊重和被关照。我只是木木的一个同学，并不是什么重要的人物，甚至我们都算不上非常亲密的朋友，但是她的父母还是不约而同地达成了款待我的默契。

我像一个幸运的闯入者，吃到了一位大厨亲自烹饪的家常菜，这也开启了我跟茄子这种食材结缘的契机。

之所以提到茄子，是因为那两天的周末，我相继吃到了几种不同味道的茄子：鱼香茄子、炸茄条、蒜蓉肉末蒸茄子、凉拌茄子、糖酥茄饼。在我们周日晚上准备回学校的时候，木木的妈妈还打包了两份酿茄盒，让我们晚上当夜宵。

过了一些日子之后，木木再次邀请我去她家吃晚餐，因为我从自己的家里带了好些鱼干跟菜干，让她带回家里去，算作对她家人的谢意。这次还加入了另外一个女生，她是我们同年级隔壁班的同学，叫凉子。

那同样是一个愉快的周末，除了木木的父母给我们烹饪的精美饭菜，还有很多水果、糖水，以及小吃。那两个夜晚，木木的妈妈为了让我们睡得舒适一些，直接在木木的房间里铺了一张宽大的凉席，并准备了好几层松软的被子当床垫。

就是那两个夜晚，我们三个女孩交换了彼此的一些秘密。如今想来，无非是一些年少时的哀愁，或者一些琐碎的快乐。

木木说在她的家里有一个原则，叫作"天大地大，吃饭最大"。每次不管发生什么不愉快的事，考试考砸了，或者妈妈的工作不顺心，爸爸回到家，都会召集一家人先吃晚饭，再讨论那些忧愁的事。

而到凉子那里，家庭景象就换了一个样。凉子有一位严格的母亲，除了在学校认真工作，下了班回到家对凉子不仅没有半分松弛，反而加倍督查。

凉子并不是不喜欢自己的爸妈，但就是不大愿意待在自己的家里。即便周末时回到家里，她也总是祈祷父母都有安排，这样她就可以暂时躲到同学家里，或者干脆自己去小吃街把吃饭的事情解决了。

而在我家，我没有在学业上受到多少监督——换句话说，没有人在乎我的功课，我是自己唯一的负责人。

到了后半夜，我们三个女孩依旧在畅聊中。木木的妈妈敲了敲房间的门，给我们送来几杯酸奶和一碟核桃仁。我跟凉子都连连羡慕外加叹气，换作我们两个人的妈妈，早就气得跳脚了，说我们不听话，浪费时间不睡觉，对身体不好。

木木不说话，只是在一旁看着我们模仿大人的语气跟样子，咯咯地笑。

如今想来，那真是一个无比幸福的学年，即便处在学业压力之下，被青春期里的诸多烦恼环绕，但是因为有了木木和凉子的偶尔陪伴，外加上那些口味不同的茄子，晚餐过后的炒田螺跟打牌时光，以及午夜里的彼此倾诉，便成为旧日里为数不多的珍贵回忆。

后来的路途是：木木考上了省内的一所师范学校，准备当教师；我则考到武汉的学校，选择了自己喜欢的新闻学专业；至于凉子，最厉害，直接考到了北京的一所外语学院。

在那个年纪，在别人的眼中，我们都看似前程似锦。

在大学期间，我们三个人在一个寒假约着碰了一次面。木木照旧邀请我们去她家吃饭，由她爸爸亲自下厨，她妈妈对我们温柔友善依旧。我从来没有见过凉子的家人，只是在这一次的交谈中，越发知道了凉子的心境比起少女时代，忧伤了很多，也稳重了许多。

木木倒是如常，像从前那般松弛。当初我们三个人中她的高考成绩是最差的，但是她的心境跟个性却是最为自在的。她留在了省内的学校，照旧是每个月都想办法回家，吃上爸爸亲自做的饭菜。不像我跟凉子，路途遥远，只有寒暑假的时候才能回家。并且即使在这样的假期，我们也没有那么想回到自己的家中：我留在武汉的报社实习，凉子则在北京的一所培训学校当英语老师。

我们偶尔会在网上聊几句，但是也不再像从前的那些夜晚一样亲密。或许这就是长大，身不由己。

转眼多年过去，木木大学毕业后，在我们家乡的市里当了一名老师。她照旧跟父母一起生活，直到前些年结婚成家，她跟先生商量着，把各自的父母接到同一个小区里，相互照顾。

木木先后生下了两个孩子，交给两边的老人照顾。她在自己的职业中投入热情，越发有成就，已经成了一所重点高中的教育组负责人。

至于凉子，在大学毕业之后，她遵从母亲的安排（其实是没办法的妥协），在县教育局工作了两年多。在凉子后来的回忆里，那是她人生中最为灰暗的两年。

母亲不停地让凉子相亲，即便当时凉子已经有了一位在北京工作的男友。按照母亲的说法，凉子早晚都会在县城安家的，所以提前给凉子买好了在她单位附近的新房。

到最后，凉子是如何跟那位大学男友分开的，其中母亲的干预比重有多少，我们不得而知。结果是凉子失去了爱人，同时生了一场重病。她在家休息了大约半年的时间，后来借着休养身体的名义，去云南住了一个多月。

旅行结束之后，回到家里，凉子说她找到了新工作，在北京一家外企。凉子的母亲当时就大哭，那天照旧没有做晚饭。凉子去了小时候很喜欢的一家餐馆，打包了几样菜，其中有一道茄子煲，带回了家里。

凉子跟父母道歉，拜托爸爸照顾好妈妈，然后打包行李，去了北京。在北京生活的那几年，凉子说她几乎不接听母亲的电话。"她一直在哭，在闹，像个孩子一样"。

她试图安抚过母亲，想要她采纳心理医生的建议，但是后来明白了，这不是她一个人努力就能够解决的事。

凉子后来并没有留在北京。几年之后，她遇到了现在的先生，在珠海安家落户。

凉子生了一个女儿，凉子的母亲来看望孩子，很快就被凉子用客气的方式"送走"了。凉子说，妈妈老了，但是她的心气儿、那股劲儿还在。"我很庆幸，我已经长大了，我知道要努力去主导自己的人生了。"

许久不曾联系的凉子,将我跟木木拉到了一个微信聊天群里。此时此刻,我们天各一方。而在这两三个夜晚,我们却又像回到了十三四岁的那几个周末的夜晚。

木木就像这世上拥有小确幸的幸运儿一样,一直生活在自由、友善、开明、彼此坦诚跟尊重的屋檐之下。从父母家到现在的小家庭,她总是被温暖地呵护着。

凉子则是那一类笃定的独立女性,一面照顾家庭,一面努力工作。先生是个与她合拍的"战友",但是他们各自都有一个强势的母亲。凉子说,其实这也是她跟这个男人相互理解的原因:像被围困在同一个井底的青蛙,他们认出了彼此。

凉子说,他的先生小时候不喜欢回家,因为父母的关系不好,餐桌上的时间是他童年最难熬的时刻。凉子告诉她的先生,她也不喜欢回家,即便父母的关系并不糟糕,但是晚餐也很不快乐。

"最快乐的,当然是木木家的晚餐了。"这是我跟凉子不约而同打出来的一句话。

这并非"总是羡慕别人家的幸福比自己的更好更多"那一类狭隘念头,而是我跟凉子都真心感激在曾经的岁月里,在木木家的晚餐中,在木木爸爸处理茄子的诸多花样中,在木木妈妈的贴心照顾上——我们曾经见过所谓的幸福家庭和幸福生活的样子。

于是,凉子知道了她想要成为什么样的母亲,而我也知道了我需要跟自己过往的阴霾进行切割,而后去创造属于自己的幸福生活。

有人在笨笨地爱着你

辉姑娘/文

一位作家讲过一个趣闻。

某年她借住在朋友的河边别墅闭关写作,离开后,却接到了朋友的电话。

朋友支支吾吾地问她是不是在别墅居住时,得罪过周围的人。她有些吃惊,因为那座别墅位于乡野,周围只有几户人家,彼此熟识,都是有礼貌的文化人,相处和谐,连口角都不曾有,又何谈得罪。

朋友听后依然疑惑,说既然这样,为什么我居住的这段时间,每天门口都扔着一些血淋淋的死蛙死鱼。有一次,甚至有一只肥壮的绿色长虫子被丢到门把手上,摸个正着,朋友胆小,几乎吓得半死。

她也觉得奇怪,跟朋友分析了半天,两个人都毫无头绪。临到撂电话时,她却忽然想起一件事。

晚春时,下过一场冰雹雨。雨后散步时,她在河边遇到了一只不知名的灰色大鸟,它被冰雹砸伤了翅膀,她给它简单上了一些药,又喂了几条鱼,就放生了。

朋友惊道:"不会是传说中'鸟的报恩'吧。"

于是她蹲守几日,终于等到了那个"始作俑者"。果然是一只灰色大鸟——它的学名是苍鹭。

朋友追了它几日,发现这只苍鹭每天非常忙碌,不仅给朋友家丢下死鱼等物,还要飞到另一处农家丢下相似的死物。朋友前去询问,果然那个农家也曾喂过这只苍鹭。

最有趣的是,农家说苍鹭还会观察,若是当天收下了某条死鱼,第二天出现在门口的还是死鱼;如果把某只死虫丢出门外,之后就不会再收到虫子。

朋友连连称奇,眼前活生生浮现出一位英俊的骑士,用带着磁性的声音,无奈又温柔地伸出手来,摸了摸对方的头:"怎么办呢?这个也不喜欢,那个也不喜欢,真是拿你没办法呢……算了,我再想想办法吧。"

简直带着不可思议的奇妙暖意。这大概是最懵懂,也最宠溺的报恩了吧。

我的新书发行,在朋友圈和微博上都发了消息。

母亲打电话问我:"姑娘啊,看你出了新书,妈能帮你做点儿什么啊?"

我说:"妈,您别受累了,真的不用帮忙。书我给您摆到床头,喜欢就多看两眼。"

母亲笑呵呵地说:"好嘞。"

过年回家,亲戚见了我都抱怨,说:"你妈这几个月,麻将都懒得打了,跟我们吃个饭吧,手机不离身,急巴巴地盯着,手指不停地按啊按,也不知道在忙些啥。"

我也有些好奇，便问母亲到底在做什么，是不是迷上了某款手机游戏。

母亲起初不想讲，后来禁不住我缠问，只得有些不好意思地说："我……我在给你点赞。"点赞？我一愣："妈，你怎么点的？"

母亲说："我听人家说，一个人的微博点赞越多，就是人气越高。我是老花眼，看不太清楚，没法儿给你写点啥，就一个劲儿地点赞呗。这个活儿容易，不累的，每天一直按就可以了。"

"妈妈啊……"我哭笑不得。微博点赞，每个账号只能给一条微博点一次赞，母亲反复按完全是在做无用功，白白浪费了时间和精力。

我想要给她解释，迟疑了半晌，终究没说出口，只是劝她不要太辛苦。

我想，她这么努力地让自己变得有用起来，尽自己所能宠爱着自己的女儿，辛苦地创造着微弱却温暖的情感价值，我又有什么权利让她失望。

这篇文章，注定是不能让她看到的。就让她愉快地为我点赞，活在"能帮到女儿"那种心满意足的快乐中。

东北的冬天很寒冷，零下三十摄氏度的气温，滴水成冰。儿时我臭美，常喜欢穿漂亮的雪地靴。然而越是漂亮的靴子往往越是不防滑，我平衡能力又不好，摔个屁股蹲儿或者把腿摔得青一块紫一块，都是家常便饭。于是每到上学放学，父亲就会让我抓住他的胳膊，稳稳当当走过小路的冰面。父亲身形高大，只要拉着他，心里就特别有踏实。

后来我长大了，父亲却病倒了。好在通过治疗，他的身体恢复得不错，至少可以拄着拐棍到处慢慢地走，看看风景。

这个冬天回家时，我又一次在冰面上摔倒了。龇牙咧嘴捂着屁股走进家门时，父亲看着我，嘿嘿笑了起来。我嘟囔着外面的冰面太滑，父亲则急忙拄着拐去拿跌打膏药。

第二天我起得很晚，出了卧室却发现父亲不在屋子里。

我想他是出去散步了，这么冷的天，地又滑，明明嘱咐他好好待在屋子里，为什么非要出去乱走，万一摔倒了怎么办。

我跑下楼，远远就看见父亲的背影，他居然已经慢吞吞地走到小区的门口。我抬腿就往他的方向跑，才迈了几步就觉得不对。

我停下脚步，低头去看，眼前通往门口的冰面小路上，密密麻麻的都是圆圆的白色小坑。坑不深，但数量多了，冰面变得很粗糙，一点儿也不滑了。

不远处，看车的大爷叫我的名字："你爸一早就起来了，院里谁也劝不住，自己一个人吭哧吭哧走了半天，走一步，就拿他那条破拐棍在地上戳，砸出来好多小坑。我估摸着，怕谁摔倒吧。"

我揉了揉眼睛，喊："爸——"那个高大又佝偻的背影慢吞吞地转过来，在清晨的冷空气中，露出一张冻得通红却依然笑着的、苍老的脸。

我向他飞奔过去，毫不犹豫。

有什么可担忧的呢。每一步，都踩在稳稳的宠爱上，永远都不会摔倒。

这世界有多少笨拙的人啊。他们做的事，常常绕了无数个圈子，迟缓、蠢钝，甚至惹人发笑。

可是，他们这样做的目的，无非想把你拥在怀里，把他们认为最好的东西双手奉上。仿佛你还在摇篮里，一无所知，一无所有，尽情地享受他们的呵护与照料。

他们的爱，看起来不花哨，分量却是实打实的。

因为笨拙，他们不懂得掺些水分，也不懂讨价还价，只知道爱义无反顾。

这大概是一辈子都不愿失去的一种拥有。我能给你的，如此不值一提。然而这已是全部。

只愿我还能给。

只要你还肯要。

那些年为彼此流过的眼泪

肖遥/文

20世纪90年代,我们举家从山区搬迁到城市后,小时候的山居生活便时常浮现在我的脑海中。

住在山区时,父母在一家光学仪表厂工作,它有一个好听的名字,叫"云光"。冬天的早晨,我们起床后做的第一件事是去锅炉房打开水,这是家中孩子分担家务的第一课。开水房也是厂里的"信息中心",山区里的厂区处于半封闭状态,离最近的镇子也有一小时的车程。这么小的地方能有什么新闻呢?最大的新闻就是谁要调走了。后来,这种消息逐渐多起来。父母那一代支援三线建设的大学生已近中年,他们都千方百计地想调回自己的家乡,有的是因为子女教育的问题,有的是要回去照顾老人,有的是看到了城市的发展,害怕会错过什么。知道我们要搬家了,年少的我却心情复杂,对即将面临的新生活虽也有期待和好奇,但更多的是对山区生活的留恋和离别的伤感。

厂区就是一个小社会,从幼儿园到高中、技校,以及医院、澡堂、公园等一应俱全,在路上走着走着就会碰到熟人。我父母是20

世纪 70 年代大学毕业后来到这里的，和他们一起进入这座大山深处的同学有六七对。几家人逢年过节都会相互登门问候，这是远离家乡的生活中的一项重要仪式，其乐融融的相聚可以冲淡乡愁。父母和他们的同学，相互扶持着一路走来，感情深厚，胜似亲人。

我上幼儿园的时候，全家搬到了厂区八号楼，几年后，我们又多了很多"亲人"。这里夜不闭户、路不拾遗，邻居们互相帮忙挖地种菜、照顾小孩。于是，每年春天全楼的餐桌上都少不了夏阿姨采摘的香椿、王阿姨做的咸鸭蛋和豆腐乳，家家户户的鸡圈里都有张阿姨家的母鸡孵的小鸡。我记得，隔壁赵叔家是第一家买电视机的，那时几乎全楼的孩子都挤在他家看电视。现在回想起来，赵叔家或许经济条件并没有多好，但是赵叔爱小孩、爱热闹，便有意识地把自己家打造成一个家庭影院。

那个年代的娱乐活动不多，人们之间的感情反而更亲密，精神生活也更细腻精致。吴阿姨特别会养花，昙花开放的某个月夜，邻居们都跑到她家等待花开，就像共同期待一个奇迹。这个奇迹因为齐聚一堂的紧张期待而变得更加神秘和盛大。每年换季时，我家的缝纫机就开始忙碌起来，母亲的几个女同事传阅着《上海裁缝》杂志，琢磨着新衣服的样式，她们一起剪裁、缝纫，嘻嘻哈哈，亲如姐妹。我上小学时穿的毛衣都是高阿姨织的，而许阿姨家的枕头上、门帘上的花都是母亲绣的，还有很多新款布料和毛线都是许阿姨托上海的亲戚寄来的。

有一次，我在学校发现自己和同班同学小燕撞衫了——我们俩穿的裙子一模一样。原来，我的裙子是小燕的父亲去北京出差时买的。谁叫我们的父亲是同事呢？此后，我们便心照不宣地亲近起来，成了无话不谈的好朋友。父母其他同事的孩子，也大多和我成为朋友。记得每次跟父母去车间，我都仿佛进入一个异度空间，机器、齿轮、车床，飞溅的火花和机器的轰鸣声，这些曾让我感到畏惧的事物，因为有新结交的小伙伴相伴同行而变得有趣。从此，车间门口的钢筋下弦杆成了我们的游戏器械，废弃的零件池成了我们的百宝箱。在厂区孩子的心目中，还有什么比混凝土花池、红砖墙面、水塔和烟囱等更令人心潮澎湃呢？

在那个晚上有着灿烂星空、白天能望见连绵伏牛山的厂区，我每年春天和同学们一起上山摘桃花，夏天和邻居家的小伙伴一起游泳，在车间结识的小姐姐曾经给我摘紫色的野葡萄和红色的野草莓，邻家哥哥曾经教我在坡道上滑冰。

上学时走过的绿色田野、爬过的小山、蹚过的小河，因为小伙伴的陪伴，都成为我生命中生动而绚丽的记忆。

记得我们全家离开云光厂之前,大家轮流请我们到家里吃饭。就这样一家家吃下来,足足持续了一个月,那种依依不舍的情感,朴实又深切。临行前一晚,我们住在赵叔家。他的小女儿毛三正值黏人的年龄,每次我去赵叔家玩耍完回家时,她都依依不舍哭着不让我走。这次终于有机会跟我挤在一张床上,她高兴得合不拢嘴。可是,一想到天亮后我就要离开这里,她便不由得伤心哭泣。

第二天,送行的大人们拉着我父母的手,一个个眼眶都是红红的。载着我们的车子开动的时候,我看见车下的毛三追着车跑啊跑,早就哭成了泪人。赵叔追上来隔着车窗想跟我们交代点什么,却哽咽着说不出话。王阿姨笑着挥手,眼泪像断线的珠子一样滚滚而下。我的几个同学也来了,少男少女们迎着朝霞,眼睛里盈满泪水。

这个情景多年后我回味起来,甚至觉得有些荒诞。只因如今人们越来越吝惜自己的情感、吝于表达,城市里密集的人群,物理距离那么近,心灵距离却那么远。相形之下,我小时候的岁月如此平静而幸福,如此珍贵。那种纯净而浓郁的邻里之情,可能是那个百废待兴的工业年代所特有的,人与人之间的深情厚谊,就像遇到充沛的阳光和雨水的鲜花一样盛开着,纯真而丰盛,朴素又醇厚。

在此后的人生中,无论遭遇多少失败和失望,我对人性的信任始终没有垮塌。因为年少时的山区生活,仍在默默地支撑我,让我相信自己还有能力去感受爱,还敢于为别人付出。人与人之间的情感,是一股最能滋养生命的源泉,就像那些年我们为彼此流过的眼泪,真挚而温暖。

这世上最难解的是人心

七猋/文

一

我妹有一天从地摊买回一本二手《微积分》,从此迷上了高等数学。到现在六年多,她学完《数论》《泛函分析》《模糊数学》等二十多本教材,做完若干练习册。从目前解答的题目看,她应该已经达到数学系本科毕业生的水平。

但这仅仅是她私密的业余爱好,除了家人,没人会把这个戴大框眼镜使用二次元图案手机壳的小女生和复杂的数学题联系在一起。她也从未对外界透露过一丁点儿这项爱好,不,是癖好。

做题也没耽误本职工作。我妹毕业于一所卫校,自己在家附近一家小医院找了份护士工作,干了三年没坚持下来,又在离家更近的一间药店做了柜员,兢兢业业、平平淡淡。

刚开始我妈还觉得好笑,女儿不刷手机,也不逛街购物,每天下班回来就把自己关在屋里解方程式,真少见。看见满桌的草稿,我妈还打趣,家里要出数学天才了。

发现不对劲是2018年秋,我们一家人订了长江游轮的旅游票,从重庆到宜宾五天四夜的沿江旅行。当时正是风景美不胜收的时节，我们都趴在舱房的阳台上争相欣赏大好河山，我妹却靠在床头兴致勃勃地做演算，眼看一本草稿纸快用完了，我妈催她："玉儿，快出来看神女峰，太漂亮啦。"

我妹头也不抬地应付着："知道了，你们看就行了。"

那几天，新奇的游轮、如画的美景，我妹几乎都视而不见，除了吃饭和必需的外出观光，她才会出门草草应付，剩余时间她都靠在床头琢磨着那些数学题。

旅游回来，我妈小心地计划着带我妹去看心理医生，为了防止她排斥，特意装作若无其事地问我妹想不想陪她一起去解解压，我妹多问了几句，就看穿了我妈的心思。但没有想象中的抗拒，她很顺从地说："你们想让我看心理医生，那就去看呗。"

在心理诊所，我妹也很配合医生，有什么说什么。最后医生告诉我妈，我妹做数学题，是启动了心理防御机制。这是有原因的。

二

事情和我妹辞掉第一份工作有关。

当时她做护士，部门里全是女性，再加上大家每天照应各种病人，非常辛苦，工作稍有差池，同事间就有可能引发矛盾。我妹一个刚入社会的十几岁小姑娘，在单位不敢跟任何人争吵，别人冲她来，她也只会一味忍让，时间长了就对处理人际关系产生恐惧。

我妹告诉心理医生，做数学题就是因为"纯净"，解题过程虽然曲折复杂，但是没有任何套路，按照既定的规则一步步解开，最终得到正确的答案。每当这时，她就有满满的成就感，这在现实生活中是无法体验的。

出了诊所,我妈带我妹去吃淮扬菜,一顿花了四百多元,这在我妈的消费史上从未有过。饭桌上,她给我妹道歉,说是自己疏忽了,我妹在工作中遭受委屈那么久她都不知道。

回来后,我妈又告诫我,以后无论吃喝还是别的,包括使用卫生间,都必须先依我妹。

我妹也能感受到我妈的良苦用心,但依然沉迷在题海中无法自拔。虽然我妈也明白,女儿这种爱好不仅无害,还能带给她快乐,不一定非得让她放弃,但我妈更希望女儿跟普通女孩一样,爱打扮爱逛街,而不是闷在屋子里解难度越来越大的数学题。

后来我妈想出个一举两得的方法:给我妹介绍对象。

我妹依然很顺从。第一个男孩是我妈同学的儿子,在大学做后勤工作,热情开朗,每次约我妹出去吃饭逛街,我妹都去。但一个星期后两个人忽然就断了联系,双方家长一问,他们俩跟统一好口径似的,都说不合适。第二个男孩是我同事介绍的,一个跟我妹同岁的 IT 男,看上去挺木讷,我心想更没戏了。果然,两个人只见了一面,我就再没见我妹出门赴约。

我妈并不气馁,说谁相亲还不相五六七八个的,准备给我妹介绍第三个。谁知我妹说,正谈着呢。我妈大惊,问跟谁谈呢,我妹说:"张磊啊,就那个 IT 男。"

原来二人约会的方式不是逛街、看电影、吃饭,而是通过手机聊数学。

三

起初只是探讨一些程序的算法。IT 男技高一筹，让我妹长了些见识，我妹就对他产生了兴趣，得空就把自己的解题过程发过去，让对方评判。

作为回报，我妹答应帮对方完成一些工作中烦琐但简单的计算，给 IT 男省了不少劳力。每天下班回来，我妹就殷勤地对着电脑敲打，那样子就像别的女孩给男友织毛衣或者做饭。我妈看了心疼，说："别人谈恋爱费钱，你们谈恋爱费脑细胞。"

在家人和朋友的催促中，我妹和 IT 男约会了几次，吃饭、逛街、看电影，和普通情侣没什么两样，只是每次回家，并没和我们分享喜悦，而是以闷头解题的方式抒发着自己的甜蜜情感。但这足以让我妈宽慰，她甚至问我妹："你们什么时候结婚？我明年能不能抱上外孙子？"

本来可以因为数学结一段良缘，却被一家猎头公司给截和了。南方一家科技公司出高薪挖人才，IT 男没经住诱惑，背起双肩包就走了。我妹那几天一下班就把自己锁在屋里做题，我妈敲门，她语气平静地回应："正在攻克一道极难的题，解出来就好了。"

但一个星期过去，我妹似乎没有"出关"的迹象，每天开门出来上班，肉眼可见地瘦下去。我妈也因此寝食难安，时不时一个人坐在客厅抹泪，终于有一天眼皮子往下一掉，视力就模糊了。

我陪着我妈去医院做检查，医生说是神经问题，开了很多药让我妈先服用观察。但我妈回家就倒在床上唉声叹气，说如果我妹还像这样越陷越深，弄不好会出大问题。

我怒上心头，冲到我妹房门口重重砸门，想叫她出来看看老妈都被她气成什么样了。好一会儿，我妹开了门，抱着厚厚一摞稿纸往出走。我妈问她："你把题解出来了？"

我妹扶了扶大黑框眼镜摇摇头，说"没有"，就把稿纸抱到楼下扔掉了。回来后，我妹叹了口气，蹲在我妈面前握着她的手说："我今后不解数学题了，这世上最难解的是人心，别人的心我不想解了，但你的心我陪着你慢慢解。"

冷雨热茶

熊德启 / 文

夏夜，一场暴雨扑灭了北京的燥热。我从单位出来，顺着街边屋檐的水帘躲进了最近的一处公交站。

打车软件提示我，没有人接单。再试试看吧！没等我的指尖碰到屏幕，耳边就传来一阵汽车的鸣笛声。我抬头一看，一辆出租车打着双闪缓缓靠近。

我以最快的速度钻进车里，还是没躲过暴雨，身上被淋透了。"小伙子，淋湿了吧！"一口标准的北京话。我抬头一看，灰白色寸头，眼睛眯成一弯月牙的司机正看着我，满脸热情，就连皱纹也显得红润饱满。

我擦了擦身上的雨水，浑身发冷，正准备找个舒服的姿势蜷一会儿，等待到站，忽然，一个暖水壶递到我眼前。"冷吧？喝口热茶！"司机师傅左手把着方向盘，眼睛看着前方，右手也不知从哪里掏出个暖水壶在我面前晃悠着，示意我喝一口。

此刻，我最需要的正是一口热茶。我连声道谢，赶紧打开喝了一口，一股暖流直达丹田，浑身舒坦。

"嘿！怎么样？我这茶可是好茶！"他得意地笑了起来。我算是爱喝茶的人，逢茶便要品一品。然而眼前的这一壶茶，我实在是难以判断。能喝出来，这是绿茶，但闷泡时间太长，管你什么明前雀舌，还是雨前甘露，早已喝不出滋味来。但在这一刻喝下的这一口，犹如来自天堂的甘露，令我感到极大的幸福。"嗯！好茶！舒服！"我把暖水壶还给他，竖起大拇指，一半真心，一半礼貌。

"哟！看来我泡得还算对路子！实话跟您说，其实这茶是别人给我的，好在哪儿我也不知道，要不您给我说说？"一听我的评价，司机师傅来了兴致。

我没敢接话，赶紧试着岔开话题："这么大的雨您还出车？"话一出口，他脸上的热情好像在一瞬间消退了。他用右手拍了拍怀里的暖水壶，说："明天啊，我这辆车，连同我这个人，要一起退休啦。"他眼里闪过一丝黯淡的神色，"偏偏今儿下这么大雨，我后来一想，都最后一天了，下冰雹也得出车啊！"

我问他："您开了多少年出租？"他伸出右手，比了个一，又比了个五。"这个数，我跑了十五年出租，到明天我正好满六十，嘿嘿！退休！"我算了算，又问他："那您之前做什么呢？"

大概是没有哪个乘客问过他这个问题，他算是打开了话匣子，一股脑儿地跟我讲起自己的奋斗史来。

他出身工人家庭，子承父业，在首钢当了十几年工人。"我是个爱自由的人啊！后来就辞职了，出来做生意。不过，我这人太实诚，干买卖总吃亏。"说罢自己又嘿嘿地笑了起来，有些腼腆，仿佛在嘲笑着从前的自己。

不等我问，他接着说起来。"我干买卖那会儿，我一哥们儿，老于，就在开面的了。那会儿开面的可了不得，一个月万儿八千的不是问题。他一直让我跟他一起干，但是我倔啊，要自由啊，就一直没干。后来钱亏没了，婚也离了，才又想起他来。他倒是够意思，还让我跟他一起干。"

正好是红灯，他两手一摊，侧脸看着我："那时候我开车手还生呢，但是也得挣钱啊！老于就让我跟他开对班，他白天开，我晚上开，挣个生活费。谁知道，我这夜车一开就是十五年。"

"你这哥们儿挺够意思啊。"我说。

"他喜欢喝茶，每天交车的时候就泡壶茶留在车上给我，说晚上喝了不困。"

我总算知道了这热茶的来历。

"我跟他特有意思，每天都见，又每天都不见，见面不到五分钟就交车走人。倒是他这个茶我喝了十五年，对茶比对他有感情。"说罢，他又嘿嘿地笑起来。

"等你们俩退休，就可以好好喝茶啦。"我笑着说。

"本来是有这个打算的，但是老于，他年前生病，死啦！"

我有些尴尬，他却丝毫不觉得，又拿起暖水壶，喝了一口。

"你说他一开出租的，最后脑袋里长一东西，逗不逗？我都想问问他，你开车的时候都在瞎琢磨啥？"他的语气里是真的有些愤恨，好像在认真地质问老于，怎么就不能老实点儿？怎么就生了病呢？吧嗒了一下嘴，他又说，"后来这个车我就接过来了，还是晚上开，白天太堵了！"

"我嫂子把他剩下的茶叶都给我了,但是,我十几年都喝现成的,不会泡啊!弄了半天也不是那个味道。你说这茶是不是挺奇怪的东西,不就是开水冲吗?怎么味道就是不对呢?"

我也不知道该怎么回答,两个人同时陷入了沉默。沉默了半晌,我到家了,雨势也终于小了一些。我刚下车,就听见他在我身后摇下车窗,对着小区门口值班的保安喊:"兄弟,有热水吗?给我续一点儿!"

这座城市被一夜暴雨冲刷得一片狼藉,天亮后,又很快恢复了平静。我坐在窗边,鬼使神差地,泡了一杯绿茶。我知道,今后北京的街道上,又少了一辆出租车。它们的外表一模一样,内里却有不同的温度,唯有在冷雨之中,才能显现出来。

漫漫人生路,命是冷雨,情是热茶。

自信第一课

毕淑敏 / 文

1972年的一天,领导通知我速去乌鲁木齐报到。新疆军区军医学校在停办若干年后第一次招生,只分给阿里军分区一个名额。首长经过研究讨论,决定让我去。

按理说,我听到这个消息应该喜出望外才是。且不说我能回到平地,呼吸充足的氧气,让自己被紫外线晒成棕褐色的脸庞得到"休养生息",就是从学习的角度讲,"重男轻女"的部队能够把这样宝贵的名额分到我头上,也是天大的恩惠。但是在记忆中,我似乎对此无动于衷。我收拾起自己简单的行李,从雪山走下来,奔赴乌鲁木齐。

1969年,我从北京到西藏当兵,那种中心和边陲、文明和旷野、优裕和蛮荒、平地和高原、温暖和酷寒、五颜六色和白雪茫茫……一系列剧烈的反差让我的身心发生了翻天覆地的变化——我再也不是当初那个天真烂漫的城市女孩,内心变得如同喜马拉雅山万古不化的寒冰般苍老。我不会为了什么突发事件和急剧的变革而大喜大悲,只会淡然承受。

入学后，从基础课学起，用的是第二军医大学的教材。教员由本校的老师和新疆军区总医院临床各科的主任、新疆医学院的教授担任。记得有一次，考临床病例的诊断和分析，要学员提出相应的治疗方案。那是一个并不复杂的病例，大致病情是由病毒引起的重度上呼吸道感染，病人发热、流涕、咳嗽、血象低，还伴有一些阳性体征。我提出的方案，除采用常规治疗外，还加用了抗生素。

讲评的时候，执教的老先生说："凡是在治疗方案里使用抗生素的同学都要扣分。因为这是一个病毒感染的病例，抗生素是无效的。如果使用了，一是浪费，二是造成抗药，三是无指征滥用，四是表明医生对自己的诊断不自信，一味追求保险系数……"老先生发了一通火，走了。

后来，我找到负责教务的老师，讲了课上的情况，对他说："我就是在方案中用了抗生素的学员。我认为那位老先生的讲评有不充分的地方。"

教务老师说："讲评的老先生是新疆最著名医院的内科主任，他的医术在新疆是首屈一指的。你有什么不服的呢？"

我说："我知道老先生很棒，但是具体问题要具体分析。他提出的这个病例并没有说明就诊所在的地理位置。比如要是在我的部队，在海拔5000米以上的高原，病员出现高烧等一系列症状，明知是病毒感染，一般的抗生素无效，我也要大剂量使用。因为高原气候恶劣，病员的抵抗力大幅度下降，很可能合并细菌感染。如果到了临床上出现明确的感染迹象时才开始使用抗生素，那就来不及了。病员的生命很可能已受到严重威胁……"

教务老师沉默不语。最后，他说："我可以把你的意见转达给老先生，但是，你的分数不能改。"

我说："分数并不重要。您能听我讲完看法，我就知足了。"

教室的门又开了，校工搬进来一把木椅子摆在讲桌旁。我们知道，老先生又要来了。也许是年事已高，也许是习惯，总之，老先生讲课的时候是坐着的，而且要侧着坐，面孔永远不面向学生，只是对着有门或有窗的墙壁。不知道他这是积习还是不屑于面对我们，或是有什么难言之隐。

这一次，老先生反常地站着。他满头白发，面容黲黑，身板挺直，让我笃信了他曾是医官一说。老先生直视着大家说："听说有人对我的讲评有意见，好像是一个叫毕淑敏的同学。这位同学，你能不能站起来，让我这个当老师的也认识一下？"

我只好站起来。

老先生很仔细地看了我一眼，说："好，毕淑敏，我认识你了，你可以坐下了。"

说实话，那几秒钟真把我吓坏了。不过，有什么办法呢？说出的话就像注射到肌肉里的药水一样，是没办法吸出来的。全班寂静无声。

老先生说："毕淑敏，谢谢你。你是个好学生，你讲得很好。你的知识有一部分不是从我这儿学到的，因为我还没有来得及教给你那么多。是的，作为一名好医生，一定不能照搬书本，不能教条，要根据具体的情况决定治疗方案。在这一点上，你们要记住，无论多么好的老师，也不可能把所有的规则都教给你们。我没有去过毕淑敏所在的那个海拔5000米的阿里地区，但是我知道缺氧对人体的影响。在那种情况下，她主张使用抗生素是完全正确的。我要把她的分数改过来……"

我听到教室里响起一阵欢呼声。因为写了用抗生素治疗的不止我一个，很多同学都为此雀跃不已。

老先生紧接着说："但在全班，我只改毕淑敏一个人的分数。你们有人和她写的一样，还是要被扣分。因为你们没有说出她那番道理，是知其然而不知其所以然。你现在再找我说也不管事了，即使你是被冤枉的也不能改。因为就算你原来想到了，但对上级医生的错误没敢指出来。对年轻的医生来说，忠诚于病情和病人，比忠诚于导师要重要得多。必要的时候，你宁可得罪你的上级，也万万不能耽误你的病人……"

这席话掷地有声。事隔多年，我仍旧能够清晰地记得老先生炯炯有神的目光和舒缓但铿锵有力的语调。平心而论，他出的那道题目是要求给出在常规情形下的治疗方案，而我竟从某个特殊的地理环境出发，并苛求于他。对一个初出茅庐的年轻人，老先生表现出了虚怀若谷的气量和真正的医生应有的磊落品格。

那个分数对我来说完全不重要，重要的是，我从老先生的话语中感悟到一个优秀医生的拳拳之心。

我的三年习医生涯，在我的生命中是一个重大的转折。我从生理上洞察人体，也从精神上对自己有了更多的认同。如果说在阿里的时候我对生命还是模模糊糊的敬畏，那么，老先生的教诲使我确立了这样的信念：一生珍爱自身，并全力保卫他人宝贵的生命。

小面馆里的奇迹

曾颖/文

那一年,木头到北京办事,由于事情的麻烦程度超出预期,盘缠很快用尽。当时,即使是最快的电报汇款,也要两三天时间才能收到,眼看就要山穷水尽、露宿街头了。

他想给老支书打电话求助,但一想让他老人家走半天山路到镇上的邮电所去汇钱,就有点发怵。隔壁牛大爷,就是去赶集时踩虚了脚,摔下山去的。他可不想让老支书去冒这个险。况且,他知道,老支书已把村上仅有的现金交给他了,如果再要钱,都不知道该卖什么了。

木头常常被老支书委以重任,当成接班人来培养。村里手脚利索、脑子比他灵光的,早就进城去挣大票子了。虽然并没有几个真正挣到大票子的,但至少从样子上看是大变了,穿的戴的以及说话的语气,已和从前大不一样。这在村里,就算是极大的出息了。

老支书却不这么看。他常常拍着木头的头说:"真正的有出息,不是骑辆二手摩托车逃进城里去,而是把咱这山村建得更漂亮,让大家住在这里比住在城里还舒服!"

这话他给村里的所有孩子都说过。听进去的，只有木头。这成为木头脑子不太灵光的证据——别人给他画一个大饼，他饿着肚子听得津津有味。

一想起大饼，木头的肚子顿时躁动起来。

在离家数千里的北京大街上，除了咕咕乱叫的肚子，木头几乎一无所有。

他从灯河一般的大街上，走到小街，小街上有许多小吃店，门口的价目表，让他不好意思抬头。

终于走到一家人少的小店，那店看起来像一间传达室，只放着三四张小桌子，灶上的大锅里正袅袅地往外散发着热气。炉灶前一位须发皆白的老头正在收拾碗筷。

木头想看菜单，没有。这让他的心里更没底——兜里只有5元现金，被捏得像腌出水的咸菜。

他问："老板，面，小碗的……多少钱一碗？"

"8块！"

"不要炸酱，不要调料，不要臊子和葱，只要面，多少钱？"

老人停下手里的活计，抬头瞄了木头一眼。很快，他便确定了木头的窘迫，不是在戏弄他，于是一摆头说："坐吧！"

很快，一大海碗面条端了出来，那面条一看就碱水很足，把汤也染得黄黄的。面里卧着几片莴笋叶，入水汆过，很筋道的样子。面上顶着一撮干辣椒，炸得脆脆的，散发出一股火辣辣的气息。

这是家乡的小面做法。难道这么巧，在千里之外遇到老乡了？

老人忙完，点上烟杆坐到他身边，一张嘴，说的果然是四川方言。虽然老人的家乡与木头家隔着好几个县，但终究一笔难写两个川字，特别是面前这碗川味十足的小面，让木头顿时想流眼泪。

老人10多年前来北京打工，后来年纪大了，干不了重活，在工友的帮助下，开了这家小小的面馆。后来居然把儿子供到大学毕业，他打算再干几年，挣几个养老钱，就回老家去……

那天晚上，老人留他在小店里歇息。在面汤锅氤氲的温暖气息中，木头听老人说了半宿四川方言的梦话。

第二天一早告辞时，木头摸摸口袋里那皱巴巴的5元钱，实在拿不出手，就把自己带在身边无聊时雕刻着玩的一只木烟斗留在桌上。从小，他妈妈就告诉他，人要懂得感恩，不能占别人的便宜。虽然自己这块从柴垛上随便捡来消磨时间的木头值不了什么钱，但一路雕下来，也费了一些心思。老人用子弹壳做的烟杆已经破了，他肯定用得着。

他一路走着，心里的歉意稍稍平复了一些。

"喂……"

他听见身后有人喊，回头，见老人手里拿着那个烟斗，对他说："你落下东西了。"

"那……那是送你的！"

"这么贵重的东西，我可受不起！"

"不贵重，我自己雕的小玩意。"

"可这木头……"

"木头是在柴火堆上捡的。"

"你们用它烧饭？"

"对啊，烧出来的饭可香了！"

"可这木头在这里论克卖！比金子还贵。你们居然拿来当柴烧啊！"

老人边说边跺脚。

木头惊得下巴都要掉下来了，像被人用木榔头砸了头一般，晕晕乎乎的。但他还是不相信，或许是老人看走眼了吧？

老人说有一个玩木头的生意人，喜欢吃他做的小面，常来他店里吃面聊天，教了他许多有关木头的知识。他手上那个烟斗，光木头至少值好几百块钱，而且雕功不赖，至少可以再加 100 元。

木头摇摇头，有点发蒙。但看老人认真的表情，不像是在骗他。

老人说："你若不信，我马上叫他过来！"

老人拉着他到小卖部打电话，拨电话前再三叮咛木头，不许说用木头烧饭的事。

不一会儿，一个穿皮衣的中年男人匆匆从背后的小区冲过来，一脸兴奋的表情。

老人把烟斗递给他看,说木头是他的侄子,来北京送货,这是样品。

中年男人仔细端详那个烟斗,敲一敲,嗅一嗅,又在衣服上摩擦几下,没说价格,只问:"你还有多少?"

木头张嘴要答。

老人抢在他前面,说:"不是很多,每月能做二三十个。"

"我全要了!价格您说!"

木头又想张嘴,但确实不知道该说多少。

老人说:"曹总是识货的人,您直接给个价!"

曹总有点不好意思,一咂嘴说:"500元一个,如何?"

木头胸口一紧，一个"好"字差点脱口而出。

老人又一次抢在他前面，说："这孩子初次创业，也不容易，好多东西都不懂，还请曹总多指教、多担待！"

曹总脸上有一种心思被人看穿的尴尬，他笑了笑说："那就800元吧！你每次来送货，路费我出！"

老人拍拍木头的手，示意他可以点头了。

木头于是点头，一沓热乎乎的钞票就被塞到他手中。

他拿出两张钞票，感谢老人。他事也不办了，径直要去车站订票回老家。他这趟来北京，原是要找一家慈善机构赞助村里修路的，现在不必再去找了，因为路就在家家户户的灶屋里……

老人也没有推辞，帮他订了票，并留了地址，希望他今后常来。他们后来果然成了"叔侄"，老人的面馆成为木头的中转站，后来这里干脆改成了木头文玩店。

我认识木头时，他已是一个身家不菲的商人，不仅带着村里人做文玩加工，还到处承包林地，做高级木头生意，赚了不少钱。他常常感叹自己运气好。而我觉得，如果当初他没有感恩之心，吃完面抹抹嘴、拍拍屁股就走人，不留下那个烟斗表示谢意，也许就没有今天。

这显然不是运气好这么简单的事。

伍

以书为舟,渡人生

屋顶上的山羊

朱铁志 / 文

早年的阅读往往给人留下深刻印象,而阅读中所感受的思想震撼和精神享受,可能会影响人的一生。在我驳杂的阅读经历中,《伊索寓言》就是这样一本书。当年只是把它当成有趣的故事看,及至自己做了父亲,在给女儿讲故事的时候重读那些充满寓意的优美篇章,才真正开始反刍沉淀在心底的人生道理。在把女儿送进梦乡的时候,也把自己带进思想的家园。

记得书中有一则《屋顶上的山羊》给我的教益就特别深。故事说,山羊站在屋顶上吃稻草。一只四处觅食的狼从下面经过,想找顿饭吃。山羊不无得意地对狼说:"你今天早晨好像情绪不太好,你是不是在找鼻涕虫或毛毛虫,然后用你那难看的大牙把它吃掉啊?也许你可以赶跑牛奶碗旁边的母猫弄点吃的吧?"狼抬头看了看屋顶上的山羊,鄙夷地说:"吃你的陈稻草吧!你站在屋顶上胆子大,说话嘴硬。但只要你敢下来,让我们站在同一平面上,你很快就会明白谁才是真正的强者。不要忘了,使你高大的不是你自己,而是屋顶!"

这则寓意深长的故事让我沉吟良久，感到脊背发凉，有一种被人当头棒喝、幡然醒悟的感觉。

在我不长不短的人生履历中，颇有几回站到"屋顶"的经历。比如当年如愿考上北大，就很有一些熟悉的长辈把我夸得天花乱坠，什么"一考成名"啊，什么"青年才俊"啊，好像我真的做出了什么惊天动地的伟业，一下子成了什么了不起的人物。后来置身燕园，方知山外有山，楼外有楼。不要说和真正的"青年才俊"相比，就是和普通同学相比，我的综合素质和各方面能力，也不过中下水平而已。北大这座高高的学术殿堂，无形中膨胀了我的良好感觉，抬高了我的有限身价，使我忽然"高大起来"，而扪心自问，其实不过是"屋顶上的山羊"而已。

大学毕业后，分到一家著名的政治理论刊物工作，又有不明就里的朋友把我说成"理论权威"。这让我更加不好意思。我所供职的刊物，的确是神州第一刊。它的性质和地位决定了它应该具有"权威性"。事实上，在它辉煌的历史进程中，的确涌现出一批又一批各色各样的"理论权威"。从这个意义上讲，它也算一座"高高的屋顶"。而如我这般后来者，究竟算是真正的理论权威，还是"屋顶上的山羊"，只有自己最清楚。由于工作的关系，我们常到各地走走，人家照例客气地把我们杂志叫作"权威刊物"，把我们这些供职于此的编辑叫作"理论权威"。每当此时，我都羞愧难当。因为"应然"不等于"实然"，使我"高大"的，只是身处的地位，是狐假虎威，至于真实的自己，依然不过是"屋顶上的山羊"而已。

再后来我开始尝试写一点杂文、随笔一类的文字，零星地发在报刊上，积累多了，也出过几本小册子。又有人把我称为"杂文家"，甚至"著名杂文家"。第一次听到这种说法，真的吓了一跳，心想如今的"家"也太好当了。好在这时的我已有了一把岁数，别无长进，自知之明却多了几分，自己知道：什么杂文家，不过是"屋顶上的山羊"而已。

  人生在世，由于各种机缘，总会幸运地遇到一些"屋顶"。初到上边的时候，还多少有些战战兢兢，如临深渊，如履薄冰，唯恐"高处不胜寒"。时间长了，可能就有些适应、有些麻木、有些习以为常，甚至假象重复多次成为常态，假话说过千遍成为"真理"，最后连自己也信以为真了。因为人性的弱点原本如此：被叫作"青年才俊"，总比被喊作"傻瓜"舒服；被尊为"理论权威"，当然比被认作"白痴"好受。世上的"屋顶"五花八门，什么权力、地位啊，金钱、虚名啊，等等，不一而足，都可以使人飘飘然起来，闹不清自己是谁，是什么使自己变得"高大"。高高的屋顶仿佛云里雾里，容易叫人摆不正自己在人群中的位置，错误地以为自己处处高人一头，时时胜人一码。看到别人不这样认为，还很不习惯，还很气愤呢。可问题在于，当"屋顶上的山羊"顾盼自雄、自以为是、目中无人的时候，留给狼"仰视"的，除了黑洞洞的鼻孔和虚妄的自负以外，还有什么呢？山羊滑稽地认为自己是可以嘲笑狼群的"虎豹"，而地球人却都知道，说到底，它不过是"屋顶上的山羊"而已。

天才的忧郁

徐海蛟 / 文

一个傍晚，七岁的金圣叹立于庭院的古井边，两眼凝视着井水，井水深静，亦不动声色地凝视着他。这是一个清瘦的男孩，他目光明亮，眼中藏着些许有别于同龄人的忧郁。他手中捏着一片碎瓦，想将其掷入井中，这是男孩们惯常玩的游戏，随着井水"扑通"一声响，孩子们往往发出响亮的欢呼声。

那个傍晚，手捏碎瓦的男孩迟疑了，他突然意识到一个令人感伤的事实——若将这片碎瓦投入井中，它便永远沉没于井底，可能再无法回到自由明亮的世界了。这个念头令他心生迟疑，停下了手中的动作。男孩将瓦片放在手心反复摩挲着，心慢慢变得软弱，一种不可名状的怜惜自身体里生发出来，渗透到指尖。但很快，他又不禁觉得好笑，仅仅是一片碎瓦呀，何至于如此挂心？他将手一扬，瓦片"嗖"的一声落进井中。男孩的心随之震动了一下，一种虚空感袭来，他茫然若失，"哇"的一声，大哭着跑回屋去。

世间的天才常伴随着早慧，但早慧者恰恰容易心生悲观情绪，毕竟他们总先于普通人认识到月满则亏、琼筵易散。

由于自小体弱，金圣叹的父母并未在学业上给他过大压力，他在一个富足的家庭中度过了自在的童年，和双胞胎弟弟一道拈书弄笔、寻虫扑蝶，以一种野生的姿态轰轰烈烈生长起来。

但生命那般无常，这种童年时代的平和很快被突发的风暴打破了。种种字里行间的迹象表明，金圣叹八岁那年，他的家庭遭遇了强盗的洗劫，那场劫难，导致他父母双亡，兄弟离散。金圣叹在老仆人的护送下前往苏州吴县亲戚家避难，但又在逃难路上遭遇大水，祖母被冲走。

是不是这样的命运遭际改变了少年的内心，加重了他的忧思与悲伤？

七八岁时，金圣叹读到杜甫《送远》中的诗句："亲朋尽一哭，鞍马去孤城。"他反观自身遭际，为此胸闷了整整十日。

十岁后，金圣叹始入私塾。乡间私塾筑室山水间，草木葳蕤，一派清气。金圣叹坐在临窗位置，每当傍晚，日头渐渐沉入远山，四野里暮色浮动，给大地笼上一层苍茫。坐在窗边诵读古书的男孩会蓦然放下手中的书，将头转向木格窗外，目光追逐着余晖，眼睛里泛起水雾，这是散落在十岁黄昏里的忧愁。小小的男孩一次又一次深陷于落日亘古的苍茫中，十岁黄昏开启的愁绪，浸透到金圣叹一生的血液里，成为命运未曾明说的注解。

年少的金圣叹有一天读《西厢记》，读到了第一本第三折中张生的一句叹词："今夜凄凉有四星，他不偢人待怎生！"书中张生因为崔莺莺没理会自己而寝食难安，度日如年。故事里的人苦于爱而不得，伤心不已，没有想到在书外，一个小小孩童却因为张生这句感叹,心碎欲绝起来。过分的感伤让他不得不合上了书,一连数日,男孩失魂落魄,茶饭不思,足足在床上躺了三四日才缓过神来。

金圣叹的老师徐叔良听闻后,不但没有指责少年读"无用"的杂书,反而大为震惊,赞叹其为"世间读书种子"。

十二岁那年,他读到《水浒传》第四十九回孙新向兄长孙立求助一节:

当吃了半夜酒。歇到天明,留下两个好汉在家里,却使一个火家带领了一两个人,推一辆车子:"快走城中营里,请我哥哥孙提辖并嫂嫂乐大娘子,说道:'家中大嫂害病沉重,便烦来家看觑。'"顾大嫂又吩咐火家道:"只说我病重临危,有几句紧要的话,须是便来,只有一番相见嘱咐。"火家推车儿去了。孙新专在门前伺候,等接哥哥。

因为顾大嫂这句嘱咐伙计的话,少年金圣叹再次念及家中亲人离散,禁不住落下泪来。

小小年纪,他已有了陈子昂当年登幽州台时那种旷古的寂寞。他总觉得放眼看去皆是凡俗之人,天下唯独自己怀抱大才,也唯独自己沉郁委屈着。少年一次次在心里勾画着人生蓝图,他期待一飞冲天、立登要路的那一刻。

不过世人多矛盾,敏感早慧的少年自视极高,志向远大,读书却相当"偏科",对那些能助其通往功名之路的书,《大学》《中庸》《论语》《孟子》,少年金圣叹坦言令他成天头昏脑涨,实在难以忍受。看到这些板着面孔的书被大人们彻夜吟诵,还一副享受的样子,他十分不解,他们的乐此不疲是发自内心的吗,还是装装样子而已?

金圣叹十一岁那年小病不断,家人向私塾告了假,让他回家静养一段时日。就在那个长长的假期里,少年得到了一摞书,先是一本《妙法莲华经》,随后又读到屈原的《离骚》,再是《史记》。这些书的出现,给少年的心田降下了甘霖,仿佛戈壁滩上行进的人遇到一泓清泉。他第一次领会到,世间书籍并非都味同嚼蜡,先前他只是囿于小小的天井里罢了。

随后,《水浒传》也来到了少年的案头,少年完全被这部书迷住了,日夜捧读,恨不得将每个字嚼烂了吃进肚里去。

许多读书人不屑一顾的"闲书",却在这个早慧的灵魂里埋下了一颗种子。往后岁月,即便时代变迁,价值观崩塌,这颗种子都未曾坏死,它以一股强大的力量在金圣叹心里生长着,并嵌入了他一生的事业与追求中。

母亲与文学

何 焰 / 文

作家谈波说,自己第一次怀疑文学是在 2021 年。

2021 年年初,谈波的母亲因为罹患多种癌症,连续两次住院。因为医院要求,每个病人只能由一名家属陪护,又因为担心母亲随时会离世,觉得她临终时最希望看到的应该是自己的儿子,所以那个陪护的人只能是谈波。

40 多天里,谈波照料母亲的一切,包括辅助母亲大小便和帮母亲洗澡。而处于临终状态的母亲,会突然神志不清,不再认识人。

床前床后,母亲的每一次痛苦都被谈波看在眼里。57 岁的谈波,也在学习从中年走向老年。

谈波说道:"几乎两个月,我连一点文学的边都没想。我那时真的怀疑自己,我这么喜欢文学,这么喜欢小说,这么喜欢写作,从年轻一直到现在,为文学投入这么多时间,投入这么多生命,为什么在最紧要的关头,我竟然会把它忘掉呢?"

忆及母亲临终的那段时间,谈波说:"文学一点忙都帮不了,一点用处也没有。"他宁愿去尝试偏方,看心灵鸡汤,说"那种假话"

骗母亲，也骗骗自己。甚至有时候他恨不得跪地祈祷，让母亲再多活一点时间。这些似乎都比文学有用。

母亲去世之后，谈波化用歌词来戏谑自己："大哥你写小说，写它有啥用啊？"谈波还是想不明白文学，但他想明白了母亲。

他这样理解母亲的去世：母亲大概是太不忍心了，才说"算了，别再折磨你了"，决定以去世来结束儿子的这种身心痛苦。"陪护的那40多天，是母亲给儿子的一个让他付出的机会，好让他日后想起来可以缓解一点点母亲离去的痛苦。"在谈波看来，母亲到最后都在付出，连去世的时间点都在为儿子着想。

而人类的韧性，自然也会体现在谈波身上。正如他所说，"不管多大的痛苦，只要经历时间，都会过去"。

但是，谈波也说："痛苦也是因人而异的。像我这样的人，痛苦可能会长久地留在心里。"

文学的感受还是慢慢回来了。2022年3月10日，在母亲去世快满一周年时，谈波突然想起了母亲生前讲过的一个故事，那个故事只讲了一半。

谈波在小说里把故事续下去了，续得特别温暖。那篇小说叫《"娘啊，爱呀娘！"》。

它的完成，很大程度上缓解了谈波的丧母之痛。

现在的谈波已经与文学和解了。他说道："那段时间，或许不是我不需要文学，而是文学把我彻底地让给了我的母亲。"

我写，我在

范雨素 / 文

我从来不觉得自己是个作家，我觉得自己是撞大运了。我属于那种从农村出来的普通女性，懵懂、惊惶、倔强、坚韧。20岁时，我刚到北京，那时候整个人是混沌的，什么也不懂，有一种天然的自卑感，觉得自己不如城里人。

我这一辈子都糊里糊涂地活着，麻木地赚点儿钱，养活自己和孩子。2012年春节，我和孩子在一块儿看春节联欢晚会，其中有一个小品叫《荆轲刺秦》。第二天，我跟孩子说，根据这个小品我能写一部小说，你看你舅爷爷是不是跟项羽一模一样。孩子说，是啊，舅爷爷简直跟项羽一模一样。

2014年，我参加了文学小组，开始写一部科幻小说。等到2017年，我凭借《我是范雨素》成名，仍然没有写完这部小说。成名后，我辞掉了月薪6000元的育儿嫂工作，每天上午去做家政工，下午和晚上读书、写作。

忽然间我给自己定了一个目标——要写好这部小说，不管能不能出版，能否赚到钱，我都要做好这件事。虽然每天箪食瓢饮，吃得特别差，住得也特别差，但因为有了目标，就有盼头，有精神头了。

我们都知道生存是第一位的，为什么还要做这些风花雪月的事？我觉得这跟人的生命有限是有关系的。我们文学小组有个家政工朋友叫施洪丽，有一次去参观曹雪芹纪念馆，看到两棵古老的槐树，她感慨道："这世界上的一切生命都是会消逝的，什么能让它们留下来呢？大概只有曹雪芹笔下那样的文字吧。"

我很清楚，我写小说，若弄不好，几年的时间都会白扔，也赚不到一分钱，那也没关系，扔就扔了。电影《寻梦环游记》里说，人的死亡有3次，一次是呼吸停止，一次是葬礼，最后是所有你爱的人都离世或者把你遗忘了。但如果一个人有了文字，有限的生命就进入到无限的时空中了。

文学小组开办到今天，有好几百人参加。像北京这样的城市，免费的文学讲座非常多，但有时候我是不好意思进去的。我们的文

学小组在皮村工友之家，不是什么冠冕堂皇的地方，甚至看起来破破烂烂的，谁都能推门而入。我们有一个微信公众号，有一本文学期刊，还有一间屋子当教室，这些跟工友的气质很吻合。大家觉得，这里真是一个好地方。

文学小组的老师都来自知名学府。张慧瑜老师坚持至今已有7年。在我和工友眼中，他做我们的老师是一件只有奉献，没有收获的事。因为有的工友要生存，连晚上上课的时间都挤不出来。在这种看不到成果的劳动中，慧瑜老师仍默默地奉献。这个世界因为有了这些奉献的人，而变幻出诗意的篇章。

我的工友们大都写自己的故事或者亲身经历的事情。我们写作的意义是什么？写作不会为我们带来名和利。有的人说，写作使我们被看见，使我们受到尊重；有的人说，写作使我和别人不一样了，使我在平凡的生活中有了非凡。每个阅读的人，都能提起笔来写作，文学梦是我们每个人心中隐秘的愿望。你具备了写作能力，你具备了表达能力，你被别人看见了，那你就不再处在阴暗的角落里，就没人敢忽视你了。有一次，一个家政工跟我说，她写的一篇文章在微信公众号上发表了，她高兴得一夜没睡觉。她的文章被发表了，人生经历被看见了，哪怕发表在很小的微信公众号上，对她也是一种认可。

当然，我要感谢今天这个时代。如果没有互联网，我们就不会被那么多人看见。莫迪亚诺说，我们都是海滩人，沙子只把我们的脚印保留几秒钟。村上春树说，经过一段岁月之后，再以旅行者的身份去拜访一个曾作为居民生活过的场所，是一件相当不错的事。

在那里，你好多年的人生被切割下来，好好保存着，就像退潮后的沙滩上一串长长的脚印，十分清晰。苏东坡说，人生到处知何似，应似飞鸿踏雪泥。有个日本政治家说，活着，就要在地球上踩出一个个大大的脚印。

虽然科技日新月异，但能把信息保存得最长久的方式，还是古老的文字。我们写下文字，就是把海滩上的脚印做成了一件大地上的田园石刻，做成了一件与大地同样永恒的雕塑，它使我们的精神生命永恒。著述和繁衍是仅有的能对抗死亡的两种方式。

感谢万物互联的时代，使历史不再是帝王将相的家史，每个普通人都能写作，都能留下自己的文字，都能被看见。

我写，故我在！

文学拯救了我

王计兵 / 文

我一直说不清我和文学之间的关系。

1988年春节刚过,19岁的我,跟随建筑队登上了远赴沈阳打工的列车,成为那个建筑队里最年轻的务工人员。

建筑队里的务工人员,大都是已经成家的中年人,他们日常所谈论的,无非是一些生活中的家长里短、江湖义气以及女人等话题。我无法参与他们的讨论,甚至时常成为他们消遣的对象。

从那时起,我变得越来越沉默,越来越孤独。每天晚上下工后,工友们都会去离工地不远的公园消遣娱乐。那个时间段就是我在打工期间最快乐的时光。那时流行一种路边书摊,在旧书摊看书是不收钱的。每天晚上工友们去公园,我就去旧书摊看书。那段时间我读的书特别杂,遇到什么就读什么,时常一个故事读到一半,第二天再去,那本书就不见了。

次数多了,我突然产生了续写故事的念头,夹杂着我的一些感受和联想,用日记的形式记录下来,慢慢就形成了一种无意识的写作习惯。

后来回乡，在村子后面的沂河里捞沙。捞沙的那段日子，算是我前半生最艰苦的日子。人长时间地浸泡在流水里，皮肤会变得柔软。沙子在水里不停地流动，和身体产生摩擦，像砂纸一样打磨着皮肤。

最痛苦的是，结束一天的捞沙工作后，手和脚往外渗着血，那种疼让你知道什么叫十指连心，就像平时割破了手，然后撒上辣椒粉的那种火辣辣的疼。

那时候，读书写字成为我生活中最重要的一部分。每次去乡镇的集市上，我都会从旧书摊买回来大量的书。我记得那年冬天很冷，我没有御寒的毛衣，父亲给了我20元钱，让我去集市上买一件毛衣，而我前后去了3次，共买回3蛇皮袋的书。

一次偶然的机会，我在一本杂志上看到了投稿地址，就像一个溺水者发现了一块木板一般兴奋。我尝试性地将一篇小小说投寄出去，没想到一投即中，这就是我发表的处女作《小车进村》。

此后，我不断地将作品寄出，烦恼也因此接踵而来。因为我写的小说大多反映村庄里的一些真实事件，那时写作手法还很稚嫩，许多人一眼就能看出我小说中的原型，因此我得罪了一些乡亲。

父亲和我谈及此事，我只是不以为然地付之一笑。我其实已经动了写一部长篇小说的念头。当时正值桃花盛开，我们家承包了一片桃园，父亲在桃园里用玉米秸秆建了一间看园的小屋。

小屋尖尖的、小小的，里面只能放下一张桌子和一条铺在地上的席子。我住进这间小屋，从桃花盛开到大雪纷飞，每天除了捞沙，都窝在这间小屋里写作。不停地写，不停地修改，我为之着迷。

后来便有谣言传出,说我精神不正常。父母深为担忧,他们多次劝我停止写作,但我依然我行我素。为了体验小说里人物的内心感受,当我写到主人公的丧亲之痛时,我穿了一身白色的衣服、一双白色的鞋子,模拟披麻戴孝。这彻底激怒了父亲。

第二天晚上,当我捞完沙返回桃园,突然发现那间小屋不见了,我写了20万字的小说手稿也不见了。我赶忙回家询问父亲,他只是淡淡地回了我一句:"没看见。"我再次返回桃园,在桃园的一角,发现一片新翻的泥土,扒开土层,看到了一堆纸灰。

我感觉1992年的冬天特别寒冷而漫长。

你向佛

也注定成不了舍利

你有太多可燃的物质

你的体内有一千亩良田

你的想念是一万朵棉花

可你仍然无法将爱种进诗句

你怕文字太轻

压不住棉花的漂泊

你怕下笔太重,撇捺如刀

你的人生是轻的

因此向上

可往事很沉

所以你终将低于尘埃

烧稿件事情发生以后,将近两个月的时间,我和父亲较着劲,没有说过一句话。第二年,我结了婚。为了生活,我和爱人远走新疆。

在新疆,我们两个人过着相依为命的日子,但我仍然放不下心心念念的写作。每当我写出一些闪亮的句子,我都会兴高采烈地念给爱人听。开始时,她还敷衍敷衍,渐渐就表现出了反感。在她的心里,一个男人应该大口喝酒、大块吃肉,哪怕粗犷得像个土匪,也绝不可以多愁善感地闷在一个角落里写作。这让我的写作信念,再次被兜头盖脸泼了一盆冷水。

至此,我再也没有向家人透露过我内心对写作的渴望,每天都悄悄地把自己想说的话记录下来,写完读一遍给自己听,然后就顺手丢掉。

阳光太拥挤了
只有月光
才容得下我的歌声
那么美好
大把大把的月光洒下来
我在光线里奔跑
就像奔跑在银子里
就像一个有钱人

那么美好

夜晚为我让出空间来

所有的夜色都是我的衬托

我听到有人说

看,那个外乡人

后来我们买了一辆二手的翻斗车,开赴山东,在各种工地打工。那7年,我们每天天一亮就开车出去,天黑收车回工棚,日复一日,周而复始。每天晚上,我都会记录一些当天发生的事情,添加一些自己的见解和评论,并且有意识地进行一些文学化的处理,让它们接近于小说。

每完成一篇,我都会念给工友听,念完就随手丢在灶台上。第二天早上,伙夫便会用其做引火之物,烧火做饭。

2002年开春,我们来到江南水乡昆山寻找生活的出路。我们既没有技术,也没有学历,很难找到合适的工作。情急之下,我就用50元买了一辆旧的脚踏三轮车,用30元买了一块用于铺地摊的塑料布,用仅剩的钱从批发市场进了一些廉价的袜子、手套、鞋垫,每天蹲守在建筑工地旁边的路口。这样,一个流动的一元地摊就开张了。

有一次,我蹬着三轮车去进货,为了抄近道赶时间,冒险走一条河边的羊肠小道,结果连人带车翻进了12月寒冷的小河里……生意冷清时,我爱人看摊,我就蹬着三轮车四处捡拾破烂,以此维持生活。这就是我的笔名"拾荒"的由来。

人在陷入困境的时候，思维却总是特别活跃。一有空闲，我就不停地写，写在顺手捡来的纸箱子上，卖废品时顺带着就把它们卖掉了。

我们如此坚持了一年多，攒下了3万元。我就用这笔钱开了一间租书店，这个营生既可以赚钱养家，又可以光明正大地满足自己的阅读需求。

但是好景不长，因为不熟悉文化产品经营的相关手续及政策，没过多久小店就停业了。以前所有的努力一下子打了水漂，生活也彻底陷入绝境，连栖身之所的房租也交不起了。就在我坐在吴淞江边一筹莫展的时候，一条停泊在码头的货船启发了我。我从拆迁工地上找来废弃的木桩，打到一片废弃的河床里，再钉上一些旧木板，在河面上建起一间小木屋，作为我们临时的家。

在漆黑一团的夜里，我们常常因为紧张而不敢睡觉，担心房子突然垮塌，把我们扔到河里去。每当此时，附近的居民就会打开手电照过来，那一束束光带给我们无限温暖，带给我们安全感和坚持下去的勇气。

我坚信在这座朝气蓬勃的城市里，肯定有很多生存之道，于是蹬着三轮车从捡拾废品重新开始，一点点地积累本钱。终于，在2005年，我们开了一家正规的日杂店，日子逐渐步入正轨。经过10年的努力，我们买了房子，在这个第二故乡，有了一个像样的家。

与诗歌结缘，源于我们家买来的第一台电脑。有了电脑后，我在空闲的时间偶尔也会上网，在QQ空间里写一写日志。这是一种新的体验，充满神奇和吸引力。也正是因为不熟悉电脑的各种操作，我打字特别困难。为了节省打字时间，我的每一篇日志都很精简，有时十几句话，有时只有几句话。这应该是我真正写诗的起点。

网络经济的快速发展，对实体店造成挤压，我们店里的生意持续下滑。2018年夏天，一个百无聊赖的午后，我在隔壁负责外卖公司电瓶车销售的销售点和老板聊天，外卖公司的负责人也在那里和老板聊天，我便顺口问道："我可不可以送外卖啊？"

负责人说，当然可以。就这样，我开启了神奇的送外卖之路，正式进入外卖行业。

送外卖的路上，危险的事情时有发生。最危险的一次送外卖经历，发生在一个晚上。我敲开订单地址标注的房门，一个醉醺醺的彪形大汉把外卖拿了进去。之后，顾客突然打来电话，说将地址错写成了前男友家，让我把外卖送到新的住址。我返回去索要外卖，门一开，我便被那个醉醺醺的男人一把揪住衣领。他的力量非常大，幸好有一个他的朋友从中劝解，把外卖悄悄递给我，我才得以脱身。离开后，我感到特别委屈，但冷静下来之后，想起那个醉汉双眼含满了泪，又从另一个角度体会到了那个男人的痛苦。

我把外卖送给订餐的女孩后，对她说："他好像挺在乎你的。"一句话，让那个女孩瞬间红了眼眶，而我心中的郁闷也在那个瞬间烟消云散。

所有的付出都会有回报，当你经历了磨难再回首时，你会发现，每一段磨难都是对你的历练，都是你不可多得的人生财富。越是灰暗的从前，越会成为照亮未来的光。

送外卖之后，我的诗歌在风格和视角上都发生了很大的转变。

真正影响到我写作生活的是，我在2019年参加的某次诗歌大赛。要去领奖了，我才向爱人坦言，我在写作。

爱人看到我存在QQ空间里的诗歌已经达到几千首后，终于理解了我对文学的那种挚爱。领奖回来后，我用那笔奖金加上我送外卖的一些收入，第一次阔绰地为爱人买了一件数千元的衣服，以表达我内心的愧疚。这也是我爱人最奢华的一件衣服。

邻居送来的旧沙发

让妻子兴高采烈

她一面手舞足蹈地计划着

给沙发搭配一个恰当的茶几

一面用一本一本的书垫住

一条断掉的沙发腿

我在卫生间，用清水洗了脸

换成一张崭新的笑容走出来

一直以来

我不停地流汗

不停地用体力榨出生命的水分

仍不能让生活变得更纯粹

我笨拙地爱着这个世界

爱着爱我的人

快三十年了,我还没有做好准备
如何在爱人面前热泪盈眶
只能像钟摆一样
让爱在爱里就像时间在时间里
自然而然,嘀嘀嗒嗒

几十年来,除了父母,没有任何人比文学陪伴我的时间更久。文学在我的心里早已超出了文学本身,她是我生命中最亲密的人,是和我无话不说的人。每一次写作就像照一次镜子,都是我和自我的一次对话,都是对自我的一次审视和定位,她不断地提醒我要做一个好人,不断地修正我的过失。

时间足够你爱

刘慈欣 / 文

那是40多年前一个炎热的傍晚,大人们都在外面摇着扇子聊天,家里只有我一个人在流着汗看书,那是我看的第一本科幻小说——凡尔纳的《地心游记》。正读得如痴如醉时,书从我手中被拿走了,是父亲拿的。我当时有些紧张,但父亲没说什么,默默地把书还给我。就在我迫不及待地重新进入凡尔纳的世界时,已经走到门口的父亲回头说了一句:"这叫科学幻想小说。"

这是我第一次听到这个决定了我一生的名词("科幻"这个简称则要到十几年后才出现),我现在还清楚地记得自己当时的惊讶,我一直以为书中的故事是真的!凡尔纳的文笔十分写实。"这里面,都是幻想的?"我问道。

"是,但有科学根据。"父亲回答。

就是这3句简单的对话,奠定了我以后科幻创作的核心理念。

以前,我都是把1999年发表的第一个短篇小说作为自己科幻创作的开端,到现在有20多年了,其实,我自己的创作历程要再向前推20年。我在1978年写了第一篇科幻小说,是一个描写外星人访问地球的短篇。在结尾,外星人送给主人公一件小礼物,是一小团软软的可以攥在手中的薄膜,外星人说那是一个气球。主人公拿回去后向里面吹气,开始是用嘴吹,后来用打气筒,再后来用大功率鼓风机,最后把这团薄膜吹成了一座比北京还大的宏伟城市。我把稿子投给天津的一份文学刊物,然后如石沉大海没了消息。

早在20世纪80年代初,由我和父亲那3句对话所构成的传统科幻理念已经开始被质疑,然后被抛弃,特别是在后面的那10年中,新的观念大量涌入,中国的科幻创作则像海绵一样吸收着这些观念。我感觉自己是在独自坚守着一片已无人问津的疆土,徘徊在空旷的荒野中,那种孤独感,我至今记忆犹新。在最艰难的时候,

我也曾想过曲线救国，写出了像《中国 2185》和《超新星纪元》这样的作品，试图用边缘化的科幻赢得发表的机会，但在意识深处仍坚守着那片疆土。后来我放弃了长篇小说的写作，重新开始写短篇，也重新回到自己的科幻理念上来。

开始在《科幻世界》上发表作品后，我惊喜地发现，原来这片疆域并不像我想象的那样空旷，还有别的人存在，之前没有相遇，只是因为我的呼唤不够执着。后来发现这里的人还不少，他们成群结队地出现，再到后来发现，他们不但在中国，在美国也有很多，大家共同撑起一片科幻的天空，也构成了我科幻创作的后 15 年。

科幻文学在中国有着不寻常的位置，作为一个文学类型，它所得到的理论思考，所受到的深刻研究和分析，所承载的新观念、新思想，都远多于其他类型的文学。新的话题和课题在不断涌现，不断地被研究和讨论，没人比我们更在意理论和理念，没人比我们更恐惧"落后于前卫"。

曾经有一位著名作家说过，以托尔斯泰和巴尔扎克为代表的古典文学，是一块砖一块砖地垒一堵墙；而现代和后现代文学则是一架梯子，一下子就能爬到墙头的高度。

这种说法很好地描述了科幻界的心态，我们总想着要超越什么，但忘了有些东西是不能越过的，是必须经历的，就像我们的童年和青春，我们不可能越过这些岁月而直接走向成熟。至少对科幻文学来说，一块砖一块砖地垒一堵墙是必不可少的，否则即使有梯子也没地方架。

我后来意识到科幻小说有许多种，也明白科幻小说中可以没有科学，也可以把投向太空和未来的目光转向尘世和现实，甚至只投向自己的内心。每一种科幻都有存在的理由，都可能出现经典之作。

但与此同时，那3句对话所构成的核心理念在我心中仍坚如磐石，我依然认为那是科幻文学存在的基础。

虽然走了近百年，中国科幻文学至今也是刚启程，但来日方长，时间足够你爱。

那一瞬间，我懂了文学的美

三毛/文

我回国看望久别的父母，在跟随父母拜访长辈时，总有人会忍不住说出这样的话："想不到那个当年最不爱念书的'问题孩子'，今天也一个人在外安稳下来了，怎不令人欣慰呢！"

再次离家之前，父亲在闷热的贮藏室里，将一大盒一大箱的书翻了出来，这些都是我特意请父亲替我小心保存的旧书。整理了一下午，父亲疲惫不堪，幽默地说："都说你最不爱读书，却不知烦死父母的就是书，倒不如统统丢掉，应了人家的话才好。"

我与父亲相视而笑，好似在分享一个美好的秘密，乐不可支。

算起我看书的历史来，还得回到抗战胜利后的日子。

那时候，在我们这个大家庭里，堂兄堂姐有的念中大，有的念金陵中学，连大我三岁的亲姐姐也进了学校，只有我因为还不到上幼儿园的年纪，便跟着一个名叫兰瑛的女工人在家里玩耍。

在我们的大宅子里，除了伯父及父亲的书房，二楼还有一间被哥哥姐姐称为"图书馆"的房间。房间内全是书，大人的书放在上层，小孩的书都在伸手就够得到的地板边上。我总往那儿跑，可以静静地躲在那里，直到兰瑛或妈妈找来骂着去吃饭才出来。

当时，我三岁吧。春去秋来，我的日子跟着小说里的人打转。终于有一天，我突然发觉，自己已是高小五年级的学生了。

当时我看书完全是生吞活剥，无论真懂假懂，只要故事在，就看得下去。有时看到好文章，心中会产生一丝说不出的滋味来，可是我不知道那种滋味原来叫"感动"。

我很不喜欢在课堂上偷看小说，可是我发觉，除了用这种方法可以抢时间，我几乎被课业逼迫得没有其他办法看我喜欢的书。

记得第一次看《红楼梦》，便是将书盖在裙子下面，老师转过去在黑板上写字，我就掀起裙子来看。"我所居兮，青埂之峰。我所游兮，鸿蒙太空。谁与我游兮，吾谁与从。渺渺茫茫兮，归彼大荒。"看完这一段，我抬起头来，愣愣地望着前方同学的背。我呆在那儿，忘了身在何处，心里的滋味已不是流泪和感动所能形容的。我痴痴地坐着，痴痴地听着，好似老师在很远的地方叫着我的名字，可是我竟没有回答她。老师居然也没有骂我，上来摸摸我的前额，问我："是不是不舒服？"我默默地摇摇头，看着她，恍惚地对她笑了笑。那一瞬间，我终于懂了，文学的美，将是我终生追求的目标。

回想起来，当时的我凡事不关心，除了这些被人称为"闲书"的东西。我是一个跟生活脱节了的十一岁的小孩，我甚至没有什么朋友，也实在忙得没有时间出去玩。我最愉快的时光就是搬个小椅子，远远地避开家人，在院中墙角的大树下，让书带我去另一个世界。

为了不跌入谷底

陶瓷兔子 / 文

看到一个读者的留言,她说她上高二。看着高三的学长、学姐每天在题海里苦苦挣扎,觉得他们活得特别累,自己也压力山大。

暑假时,她在一家手机专卖店做促销员,生意好的时候一个月可以赚五六千,比她刚大学毕业的表姐挣得还多。

她问我,在这个时代挣钱那么容易,上不上大学还有那么重要吗?

一

年轻有太多优势,唯有短视是不可回避的缺点。在我十几岁乃至二十岁出头的时候,也从没有想过未来。那时我羡慕邻居家的姐姐高中毕业就去做了销售,不仅不用读书、做试卷,还可以穿着美美的制服和高跟鞋,每个月也有好几千元的收入。

那个姐姐跟我做了多年的邻居,上学的时候其实成绩不错,努力一下,考个一本院校也不是没有可能。可她觉得冲刺太辛苦,早早地便放弃高考,每天只是在家学学化妆,跑到附近的店里去打零工。那几年她做得顺风顺水,听说签下了好几个大单。家里的家具都换了新的，家属院里的老邻居纷纷称赞，说这孩子出息了，不比上过大学的差。

我大三那年，她失业了，坐在满地烟头的楼道中，叹着气："我们这种靠青春吃饭的人，只要青春没了，就什么都没有了。你看看我，现在要怎么跟那些十八九岁、口齿伶俐的小姑娘竞争？"

她在家待了大概两个月，然后找工作，却四处碰壁。就在我快要放暑假时，听到她要回老家的消息。她临走时来跟我妈告别，说自己还有两万块的积蓄，在城市里混不下去，希望在老家做点小生意，有个立足之地。此后我们再也没有见过面。

我常常想起她。每当看到有类似"某初中少女月入十万"的新闻时，我都会忍不住想，那会是她吗？

二

学识决定眼界，眼界决定格局，而格局决定人的一生。

当我们年轻的时候，太容易盯住一点蝇头小利，被一点利益蒙住双眼，以为生活会永远顺遂，青春永远不老。可是当你年逾三十，脸上的胶原蛋白都被雨打风吹去，还跟身边甜美可人的小姑娘推销着同一款手机时，当你查出脂肪肝，陪客户喝酒力不从心，却还要跟你同公司出来的年轻人端着酒杯侃侃而谈时，你要怎么办呢？

我曾经跟一位做记者的朋友聊天。她采访过许多生活在社会底层、痛苦不堪而又无力改变现状的体力劳动者，对生活带给他们的巨大惯性心有戚戚焉。我随口说了句："他们既然想要改变，为什么不能用业余时间去学点技能呢？"

她用那种"何不食肉糜"的眼神看了我一眼："你以为他们都能

跟我们一样朝九晚五带双休？上班就是坐在电脑前分析一下数据、回邮件、做个PPT？让你上班站八个小时，看你下班后还有没有精力学习？"

"生活的惯性是很可怕的。"她说。

许多人一开始，选择一份门槛低、含金量也低的工作。然后在日复一日的简单重复中，一点点失去斗志和精力，随波逐流，得过且过。找一个跟自己差不多的伴侣，两个人一起陷入生活的泥潭，想要向前挪一步，比登天还难。

生命依然在继续，生活却早已停滞，停留在你无力改变的那个瞬间。往后的几十年，都是那一天的简单复制。

三

一纸大学文凭，不仅仅是某个领域的敲门砖，还是人摆脱生活惯性的出口。

享受更多的资源、认识更多的人、拥有更多的机会，才能摆脱之前那些短视的，甚至有些愚昧的观点。

有时候人生的岔路，就是从一个机会开始，然后越走越远，再也无法回头。

我一位女友公司的司机，有严重的腰椎间盘突出，却连一天假也不敢请。因为只要他休一天假，就意味着全勤奖和补助都泡了汤，收入折半，而家里还有要上学的女儿、没有工作的妻子和年逾七十的老母。

他可以跳到其他地方工作，却无法摆脱司机这个职业。从长途车换到公交车再换到商务车，所能做的只能是在那狭小的缝隙里翻转腾挪。

那个男人，开了二十多年车，在一线城市中，拿着四千出头的工资。每天除八小时的正常工作之外，有紧急采访时，他也必须随叫随到。

他花了两个月的工资，给上初中的小女儿报了一个数学培训班。他说："我一定要供她上大学，不为给我争气，只是想她以后不必像我一样，只能困在这一种人生里，动弹不得。"

这就是我为什么依然想要像个老古板一样，劝你好好读书，劝你去考大学。并不是因为打工妹就比别人低贱卑微，也并不是因为除了这一条路之外别无他处可去。而是我太清楚，一个连学习都嫌累的人，很难咽下生活的苦。那张文凭，虽然许不了你飞黄腾达，却也至少在你想要摆脱某种苦难的时候，赋予你一点点能力和资格，帮你推开一扇新的门，给你更多的机会去选择，去见识更大的世界。

对绝大多数人而言，受教育不是为了站上顶峰，而是为了不跌入谷底。

找棵树，靠一靠

陈凤兰 / 文

著名女作家张洁在回忆汪曾祺的文章中写道："感到窒息的时候，便会翻开他的文字，不紧不慢地读着，既不急于知道结果，也不曾想得到什么警人的启示，只是想找棵树靠一靠。"

好的散文就是如此，像棵树。当你疲乏时，当你走累了，如果恰好路旁有棵树，多半就会在那树上靠一靠。也许，这就是"休"字的来源。

红尘中，喧嚣声不绝于耳，繁杂充斥眼帘，我们整天纠缠在明争暗斗、唇枪舌剑的乱麻中不能自拔。于是，我们的心灵想走一走，出去散个步。阅读是放飞心灵最好的翅膀，美文是惬意心灵的最佳去处。可极目而视，桌案旁满满当当的是报纸杂志，书橱里重重叠叠的是经典名著。可我们还是觉得无书可读，就像那些亿万富翁说的"穷得只剩下钱"的困窘。这倒不是矫情，而是选择困难症的再次发作。

翻开报刊，不外乎就是人咬狗的新闻，或者沾着文学名的副刊短文。要么是家长里短，要么是风花雪月，共性是"短"，短得上个厕所正好能看完一版。周遭变得太快，学业渴求凭借百日冲刺有成，艺术水平也依托捷径式的招数提升，连结婚也是"闪婚"，离婚也是"闪离"……"快闪"成了主流，哼着"咿咿呀呀"的戏曲显得无比滑稽和不合时宜。信息的爆炸要求信息要短小简明，我们恨不得只听《新闻联播》里的导语即可。

"快餐文化"成了我们每日的"盘中餐"，吃得越多，我们越是饥饿，越是营养不良。

我们需要厚重的经典与名著，需要那些作家为我们提供源源不断地缓缓流淌的活水。可如慢板的纯文学散文却被许多作家弃如敝屣，他们一转身都卷进了炮制长篇小说的洪流。似乎没有一本厚重的、沉甸甸的长篇，自己都枉为作家，都愧对作家这个伟大的称号。"作家"头衔虽无实质性的经济利益，甚至每年还要奉上一定数额的会费，但没有这个帽子，在文学创作的圈子里你就无法被验明正身。所以，作家的头衔是要的，匹配作家头衔的长篇也是要的，如果长篇还能华丽地转身改编为影视剧本，那就可谓名利双收了。

当然，还有相当多的作者既不炮制鸿篇巨制，也不料理"短、平、快"的"快餐"。他们是"匕首""投枪"型的，对于时事现状，他们或嬉笑怒骂，或舍我其谁。字里行间充盈着"心有苍生"的担当，更有审视、解剖的"血痕"。贫富差距、道德滑坡、回不去的故乡、走不进的城市……他们像杜鹃一样彻夜啼鸣、满嘴染血。可我不会在柔和的灯光下，冲进刀光剑影中，我怕读后无法安然若素，我怕梦中不得全身而退。

累了，更多的时候我想像一只慵懒的猫，在冬日阳台的藤椅上，暖暖地沐浴着阳光,"呼噜呼噜"地打个盹。

我会打开梭罗的《瓦尔登湖》或者乔治·吉辛的《四季随笔》……我只是想让生活慢下来,慢到能看见花蕾爆开的刹那,听得见蚯蚓翻身的"嚓嚓"声……至于别人怎样呼风唤雨、飞沙走石,且随他去,我自溪水潺潺、惠风和畅……

渴吗?来一杯香茗。烦吗?寻幽静的小路散个步。累吗?找棵树靠一靠。也许,这便是极好的。

一块有点野心的矿石

李晓芳 / 文

四周都是铁皮厂房,堆着氧气管、铁板、钻机零件,黏腻的工业油污落在地上,经年累月下来,角落地板的颜色呈现出一种浓重的黑。更远一些是灰黄色的山坡,光秃秃的,像画里被模糊的背景,一层叠着一层。

没什么波澜的生活里,工人们靠种点什么来打发时间。有人种了杧果树,有人种了花椒树。一排稀稀拉拉的小树里,那棵挨着厂房的枇杷树不算引人注意,树高将近两米,枝叶算不上繁茂,周围时常随意堆放生锈了的铁板和暂时找不到用途的木材。

某个午后,连着焊了好几块铁板的女工温馨站起身,活动僵直的腰背,一转头看到枇杷树居然结出了果实,空气里有甜甜的枇杷香气。她跑过去,站到旁边一层一层的铁板上,摘下一串果实。果子很小,也并不饱满,"但是吃进去还是有点甜丝丝的"。她招呼工友们都来品尝。

她后来把枇杷树写进诗里:"一棵枇杷树,被一块块铁板 / 干干净净地掩映 /……我应该向一棵枇杷树学习 / 时不时地给生活一点甜头。"

把矿山的一切写成诗

温馨47岁,是攀钢集团矿业有限公司的一名焊工,她剪着齐刘海儿,戴一副细框眼镜。周一到周五,早上7点,她准时坐上从家前往采石场的通勤班车;11点从采石场下撤到厂房,吃午餐、休息;下午1点再根据工作安排,继续上采石场维修采矿机,或是留在厂房焊铁板,直到5点打卡下班。

每天的工作内容相近,循环往复,她过了25年。

她靠写诗尽力在生活里创造一点自己的乐趣。前段时间她收拾放氧气罐的棚子,架子生锈扭曲了,得一点点用切割枪加热,再用铁锤将钢筋一一敲直,最后刷上油漆。干完活,她写了一首诗,取

名《修复氧气棚子》:"一个废弃的棚子/锈蚀爬满了每一根钢筋/绝望的呐喊,是无声的/蔓延着一种孤独与悲凉。"

在夏天的采石场碰到一只螳螂,她也能写成诗。"夏天的矿山可晒了,人都被烫化了,它还在采场上跳。"温馨心想,它和我差不多嘛,"好像身体里有一小截软肋,被它咬住。"

一两个读诗的工友,对温馨有这样的评价:"只有她能把矿山上的一切写成诗。"工友杨波说:"其他工人干活的时候,只会想活没干完,得抓紧。看到周边的一朵小花、一块挡路的石头,就一脚踢开,很多人发现不了这种美。工作的辛苦,在飞扬的尘土里吃午饭,我们描述不出来的,她都能用细腻而质朴的语言写出来。"

唯一的女焊工

这天上午,温馨走进工人休息室,换下旗袍样式的裙子、高跟短筒靴,穿好宽大、板正、带一点粗糙质感的工作服,坐上被油污和粉尘盖得看不出原样的小巴,绕着盘山石子路一路颠簸到达采石场。

"矿山的夏天很难受,(体感)温度有五六十摄氏度。"温馨形容,汗水能流得像条小溪。每次上采石场前,温馨会抓紧时间再上一次厕所,接下来的大半天里,尽量不喝一滴水。矿山是个男性占大多数的地方,没有厕所,男工好解决,女工只能尽量憋着,实在忍不住了,就躲到庞大的钻机背后解决。碰到生理期,她会带把伞,尽量遮掩。

温馨所在的矿区原来有十几名女工,但随着企业改制,工人数量少了将近一半，女工如今只剩 5 个，她是唯一一个女焊工。

温馨最怕高空作业，她认为这是采石场上最危险的工作，需要攀上十几米高的架子，手上举着焊枪，脚下要注意，眼睛还得盯着。干活时带出的火花，还容易溅在身上系的安全带上，有烧断安全带的可能。有一次，温馨还没完全系好安全带，不慎踩到油污，脚下一滑，"差点摔下去了"，她一阵后怕。

她身上有不少烫伤，手指、小臂、胸口，伤疤已经淡了，只泛出一点浅浅的肉色。在矿山，工人身上多多少少都会带点伤，"割枪带起来的火花会把衣服烧出一个个洞，没办法避免"。前几天她看到工作服里穿的打底衫被烫出一个个小洞，觉得这也可以写进诗里，标题就叫《焊工的内衣》。

有一天她值夜班，深夜 12 点多，她上采石场干活，矿山深处吹过来的风阴沉沉的，还有机器在响，轰隆轰隆。她捡了两块石头，一边走，一边敲，发出声音给自己壮胆。回到家已经是凌晨 2 点，她开始写作："前面是矿石，后面是矿石／漆黑的采场，一只脚陷下去，另一只脚跟着陷下去。"

许多工人会通过抽烟、喝酒、打牌缓解紧张情绪，温馨则依靠诗歌。干活累了，大家挑块石头坐下，温馨坐在钻机覆下的阴影里，天马行空地胡思乱想并匆匆记下来，"切割时画的一个圈""厂房里的橡胶"。最开始她记在工友丢弃的香烟盒上，攒了一沓又一沓，后来写到手机备忘录上，积累了 180 多条或长或短的灵感片段。

生活是个"漏洞"

温馨起初没想过写矿山。

没工作前,她和姐姐上过一次采石场,探望父亲,当时的记忆不算美好——"看到我父亲的工作服上全是油,凝结成块,能直接掉到地上的那种,粉尘大,天气也不好。"

上学时,她看武侠小说,读《简·爱》,幻想自己也能写一个故事。她还没认真地想好将来要从事什么职业,但是得先上大学。然而,人生突然在某一天拐了个弯,父亲告诉她,供哥哥、姐姐上大学已经让这个家负债累累,实在无力供第三个孩子上学。

温馨哭了又哭,但没有别的办法,还是听从父亲的建议,进了攀钢,从一名焊工学徒做起。她当了3年学徒工,手上被烫出过数不清的水泡,10天里有9天眼睛肿着……她终于合格出师。

"当工人就是干一辈子,干得好顶多当班组长。"温馨觉得,矿山的生活很稳定,"就是熬呗,熬着熬着我觉得不行,不能这样干一辈子,我那时还是想有点别的选择。"

她选择读书。等拿到自考毕业证时,她已经在攀钢工作近10年。可走出矿山,她发现自己并没有太多选择,"攀枝花工作机会没有那么多,只能到餐馆当服务员,或者去酒店当前台,还不如做工人"。

可是如深潭般寂静的生活依旧需要找点寄托。2008年,她开始写一些随笔,收获了不少鼓励和赞扬。攀枝花当地的诗友鼓励她可以尝试诗歌创作,并邀请她参加聚会,她认识了越来越多写诗的同好,也提出自己的疑问:"我该写什么内容?"

诗友们建议，就写采石场，那是她体验最深也最难被其他人替代的部分。温馨觉得这是个好建议，在采石场上干活，或者碰到一点新奇的事物，比如厂房的向日葵开了，她第一时间就会思考：能不能写进诗里？她所在的矿区从铁矿储量来说是一座贫矿，但在过去的15年间，这座贫矿成了一名诗人最丰富的创作养料。

温馨记录下工人们戴着安全帽，大汗淋漓地吃午饭的场景：

盒饭里
滴下的机油是作料，落下的粉尘是作料，流下的汗水
也是作料。

她也为矿山工人写下一幅幅"素描"：

如果需要画像，只能用素描，用尽所有矿石的色彩
脸膛要黑，眼睛要亮，眉心要皱……

2016年，钢铁企业陷入全行业亏损的困境，攀钢计划分流职工。温馨记得，那一阵子，每天都有工友离开，储物柜一个接一个地空下来。

她为离开的工友写诗：

生活是个漏洞，身悬其中
残阳如扫帚，边坡上，似乎有岩石在滚动

他们往下移了移，尽量贴紧矿石

我也移了移。

诗是她最可靠的伙伴，也是她在动荡中唯一能抓住的东西，"现实生活中没有办法说出来的一些话和心情，我都写进诗里"。

一块不合格的矿石

温馨在诗里把自己比喻成一块矿石，一块不合格的矿石，因为"风一吹，小野心就动一下"。

起初写诗时，工友们打趣她，瞎折腾什么呢，老老实实上班就行了。她笑着说："生命不止，折腾不息。"她坐在桌前推敲诗句，丈夫也说："你出去打麻将、唱唱歌嘛。"她拒绝道："我又不喜欢，我就喜欢写诗。"温馨扬起头，表情有些不好意思："我还是有点小

野心的。"

写诗也确实给她带来了一些改变，2018年，她出版了自己的第一本诗集。

2023年1月，温馨要参加一场直播活动，她很紧张，一连几天都在念叨自己没怎么参加过公开活动，担心说错话，更怕观众听不懂自己带有浓重四川口音的普通话。

诗人朋友们叮嘱她，"你要保持一种清澈的工人状态""要读美学"，更重要的，还是"将工人们的真实生活写出来"。

她没有像别人以为的"坐进办公室"。一来工人评干本就很困难，二来"我也担心到办公室，琐事很多，没有时间写诗了，也写不出生动的诗"。不能写诗是绝对不行的。其他焊工在休息时间出去接活，一天能挣300块钱，温馨不愿意去，说："我要写诗。"

她也有遗憾。她的丈夫不喜欢诗歌，也不太喜欢她经常出门参加诗友聚会。她带丈夫参加过一次聚会，但丈夫觉得无法融入，不愿再去。那就这样吧。她也不再像年轻时那样，想离开矿山去看更大的世界。这么多年过去，她接受了"矿山的儿女不会走出矿山"的设定。

"现在也不错，"她挺满意如今的成绩，"小时候我想当个作家，要写书，如今都实现了。"她积极地融入矿山，也并不排斥"矿场诗人""女工诗人"这样的称号。某种程度上，这也是现在她身上最大的标签。

在《那条通往采场的路》一诗中，温馨这样写道：

我的身体里流淌着路，多么美妙
工友说我是一块得了妄想症的矿石
山长水远，路还在脚下延伸
我还在那条通往采场的路上
不长、不短、不宽、不窄，正好可以丈量
——我，采矿女工的一生。

温馨依旧认为自己是"一块普通的矿石"。"采矿工人这个群体在一定程度上是被忽略的，写矿山工人的诗歌少之又少"，而她不过是偶然得到一些机会，能敲出一点声音，让更多人知道这座矿山。